KB037334

직지탐험대
직지를 찾아라!
중국간다

직지탐험대
직지를 찾아라!
중국 간다

중국으로 떠나는 직지탐험대

지난 10년 동안은 참으로 신나는 시간이었습니다.

직지(直指)라는 화두(話頭)를 움켜쥐고 씨름을 하면서 참으로 난감한 적이 한두 번이 아니었습니다. 1377년 당시 우리 조상들의 비밀 하이테크인 금속활자 제조술을 놓고 고민하던 고려인의 즐거운 고뇌가 생각이 납니다. 그 당시 첨단을 달리던 목판 인쇄 시스템을 바탕으로 한 새로운 디지털 시스템의 원조인 금속활자에 모든 것을 걸었던 고려인의 상상력과 장인들의 창조적인 고뇌를 생각해 봅니다.

어떻게 충북 청주에서 지난 1천 년을 뛰어넘는 금속활자 제조술이 탄생되었을까?

'직지심체요절'에 쓰여 있는 내용은 무엇일까?

21세기 디지털시대에 금속활자 직지의 정신이 어떠한 가치가 있을까?

직지가 사람들의 가슴에 창조적 열정과 영감을 불러일으킬 수 있을까?

직지가 지역 경제를 활성화시킬 수 있는 콘텐츠로 자리를 잡을 수 있을까?

과연 직지는 찾을 수 있는 것일까?

직지를 찾는다면 어디서 찾을 것인가? 등등 지난 10년
동안 좌충우돌하던 생각이 납니다.

결론은 이렇습니다.

직지는 찾을 수 있습니다.

직지는 중국(中國)에 있을 가능성이 높습니다.

1. 직지는 절강성 호주시 하무산 주변을 비롯한 상해,
항주, 호주, 영파, 소주, 무석 등 절강성 지역에 있을 가
능성이 높습니다.

절강성 호주(湖州)시는 '직지심체요절'의 편저자인
고려 말 3대 고승인 백운화상께서 그의 스승인 석옥 청
공선사에게 '불조직지심체요절'이라는 필사본을 가져
와서 말년에 다시 편저하여 금속활자 본 '직지심체요
절'이 탄생하는 원인을 제공한 지역입니다. 따라서 백
운화상 사후 그의 제자들이 금속활자 본을 전달하였을
가능성이 아주 큰 지역입니다.

문제는 절강성이 인구가 6천만 명이 넘고 한반도보다
크다는 데 있습니다. 이 지역은 현재 중국에서 가장 소
득이 높고 첨단화된 지역입니다. 중국 상권을 휩쓰는 안
휘 상인과 온주 상인이 상해 지역 상권을 꽉 잡고 있으

며 더 나아가 중국 전체의 상권을 장악해 나가고 있습니다. 곳간에서 인심 나고 경제적인 풍요 속에서 문화와 새로운 창조력이 꽃피는 것입니다. 우리는 중국 절강성 지역에서 직지를 찾게 될 가능성이 높습니다.

2. 직지는 하남성 낙양, 정주, 개봉 지역에 있을 가능성이 있습니다.

이곳은 1377년 전후에 북송의 도읍지였으며 원나라 시대에 중원불교의 중심지로 수많은 고려 승들이 드나들던 곳입니다. 한 마디로 2천 년 이상 지속된 중국 문화와 불교문화의 중심지입니다. 비록 정치적, 군사적인 권력은 몽고족에 빼앗겼지만 문화적, 종교적 영향력은 그대로 지속되었습니다. 낙양 용문석굴의 위용이나 향산 향산사의 풍광이 당시의 불교적인 영향력이 어떠했는가를 웅변적으로 보여줍니다. 중국에 최초로 불교를 전파한 백마사(白馬寺)의 기풍 또한 직지의 존재 가능성을 더욱 높여주고 있습니다.

3. 직지는 산서성 장치(長治, 上黨) 지역에 있을 가능성이 있습니다.

산서성(山西省) 장치 지역은 청주 한씨와 청주 곽씨의 중국 근거지입니다. 그리고 1300년대에 낙양 지역과 같은 생활권이었으며 군사적, 정치적 요충지였습니다. 원나라시대에도 낙양보다 더욱 중요시 여겨 많은 경제적 문화적인 행사가 진행되었던 곳입니다.

산서성 태원과 장치 지역은 중국 문화의 보고이며 아

직도 중국 고대 문화와 흔적들이 많이 남아 있는 곳이라 충분한 답사와 조사가 필요한 지역입니다. 이 지역을 충분히 조사하고 답사한다면 직지는 반드시 찾을 수 있을 것이라고 생각합니다.

지난 10년 동안 직지를 연구하면서 많은 어려움과 즐거움이 있었습니다. 잃어버린 우리 문화와 우리 역사에 대하여 진지하게 고민할 수 있는 시간을 갖게 되었고 한국사와 중국사, 일본사에 대하여 그 깊은 애증의 역사도 이해하게 되었고 숨겨진 고려 역사의 비밀도 많이 접근하게 되었습니다.

세계기록유산인 '직지심체요절'은 차가운 쇳덩이가 아니라 인류의 창조적 지혜를 상징하는 문화적 발명품이자 기술 혁신의 혁혁한 결과물이며 미래의 창조적 파괴를 위한 선구자입니다.

매년 중국 대륙을 향하는 400만 명의 한국인들이 우리 선조의 창조물과 대화를 나누며 중국의 참다운 문화를 배우고, 더불어 직지를 찾는다면 중국으로의 여행은 더욱더 즐거울 것이라 생각됩니다.

직지를 찾는 것은 시간문제라 생각합니다. 즐거운 상상력이 일상처럼 다가올 때 우리의 직지(直指)는 어느덧 우리 곁에 있을 것을 확신을 합니다.

직지를 찾습니다.

이제 '직지탐험대'와 함께 중국으로 출발합니다.

여러분의 행운을 기원합니다.

2007년 1월 1일

직지문화연구소 정 덕 형

직지의 뜻

'직지인심견성불(直指人心見成佛)'에서 온 말로서, 참선하여 사람의 마음을 바르게 볼 때 그 마음의 본성이 곧 부처님의 마음임을 깨닫게 된다는 뜻이다.

즉, 「직지」는 직접 다스린다 · 바른마음 · 직접 가리킨다 · 정확하게 가리킨다 등의 뜻으로 쓰인다.

「직지」의 본래 제목은 '백운화상초록불조직지심체요절(白雲和尙抄錄佛祖直指心體要節)'이며, 부처님과 큰 스님들의 말씀을 간추려 상 · 하 두 권으로 엮은 책이다. 이 책은 서기 1377년(단기 3710년, 고려 우왕 3년) 청주 흥덕사에서 금속활자로 찍었다.

· 인쇄년월일: 宣光七年丁巳七月日(1377년 7월)

· 방법: 鑄字印施(금속활자인쇄)

· 장소: 淸州牧外興德寺(청주목외흥덕사)

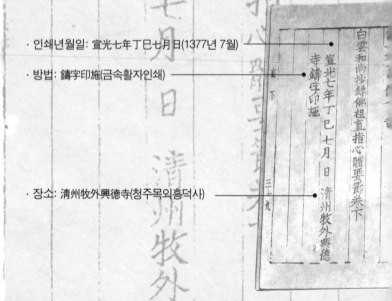

이 금속활자본 두 권 중에 상권은 전하지 않고 하권 1책만 프랑스국립도서관에 소장되어 있다.

현재 프랑스국립도서관에 있는 하권은 표지를 제외하고 39장인데 첫째 장은 사라지고 없고, 매장 11줄씩 각 줄마다 18~20자씩 인쇄되어 있다.

마지막 장에 인쇄시기(宣光七年丁巳七月 日), 인쇄장소(淸州牧外興德寺), 인쇄방법(鑄字印施) 등이 기록되어 있다.

「직지」는 지금까지 최초의 금속활자 간행본으로 알려졌던 구텐베르크의 「42행 성서」보다 78년이나 앞서서 금속활자로 인쇄된 현존하는 세계 최고의 금속활자본이다.

CONTENTS

河南省 하남성 : 중원의 역사와 문화가 서린 곳

중국(中國) 직지탐험대 루트

신강위그르 자치구

청해성

티베트

人

운남성

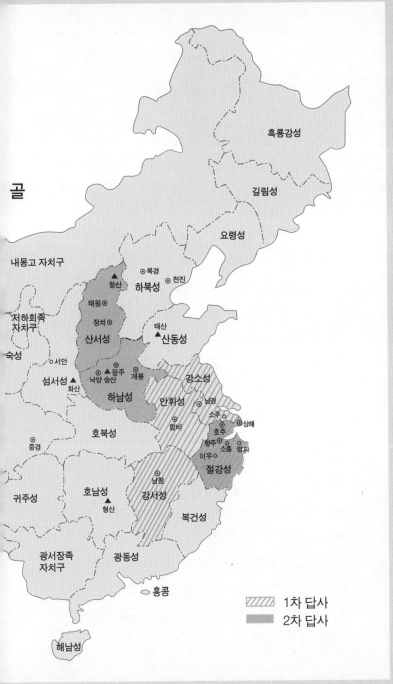

골

흑룡강성

길림성

요령성

내몽고 자치구

저하회족
자치구

숙성

⊙북경
▲항산   ⊙천진
하북성

태원⊙

장치⊙

산서성   태산
           ▲산동성

⊙서안   ▲정주
섬서성 ▲   낙양 숭산 ⊙개봉
     화산 하남성

강소성
안휘성   ⊙남경
     ⊙합비   소주⊙   ⊙상해
                호주⊙
              항주⊙⊙소흥 ⊙영파
         이우⊙
           절강성

호북성

⊙중경

귀주성   호남성   강서성
         ▲
         형산   복건성

광서장족   광동성
자치구
     ⊙홍콩

해남성

▨▨▨ 1차 답사
▓▓▓ 2차 답사

013

1차 답사

1차 탐험 때는 절강성과 강서성, 안휘성, 강소성 등의 불교 유적지를 중심으로 답사를 하였고 나중에 산서성 장치(長治) 지역을 답사하는 것으로 마무리를 했었다. 1차 탐험대에 소기의 성과가 있어 그것을 언론에 공개하고 2차 직지탐험대를 구성하게 되었다.

중국 대륙을 몇 명이 답사하기엔 너무나 벅찬 작업이었고 시간과 답사 비용도 많이 소요되었다. 물론 직지의 발견에는 최대 100억의 포상금이 걸려 있지만 로또보다 더욱 많은 인내심과 지혜가 요구되는 작업이었다.

그러나 그동안의 문헌 연구와 1차 직지탐험대를 통하여 직지가 중국 대륙에 있으리라는 확신을 가질 수 있었고, 주변 사람들을 설득하여 이번 탐험대가 꾸려지게 되었다. 2006년 4월 직지탐험대 이야기가 동아일보를 비롯한 TV 등 언론에 공개되면서 많은 사람들이 관심을 보였는데, 이번에는 좀더 심층적으로 접근해 보기로 결정하였다.

2차 답사

 이번 선발대는 4명, 기간은 5박 6일이다. 모두들 바쁜 시간을 쪼개서 진행하는 만큼 탐험일정 조정에 많은 시간이 필요했다. 이번 답사지는 옛날 백운화상이 들렸을 절강성 호주시 천호암 주변, 산서성 태원과 장치시 주변, 하남성 낙양 및 정주시 주변 지역이다.

 청주에서 상해까지 비행거리만 1,035Km라 한다. 청주공항에서 11시 40분에 이륙한 비행기는 2시간 만인 1시 40분에 도착했다. 우리나라보다는 1시간이 늦으니 1시간을 번 셈이다. 다양한 사람들이 모인 답사팀이라 요구하는 것이 모두 달랐으나 직지를 찾겠다는 의지와 관심은 뜨거웠다.

 우리는 너무나 쉽게 중국 대륙에 도착하였지만 과연 630년 전, 고려국의 백운화상은 어떻게 여기까지 왔을지 궁금하지 않을 수 없다. 직지탐험대는 앞으로 3개 성을 중심으로 탐사활동을 벌이지만 직지가 어떠한 단서로 어디서 발견될지는 아무도 모른다. 누구의 손을 거쳐 어느 절에, 어느 집안에 있을지 모를 일이다. 때문에 작은 단서 하나도 소홀히 할 수 없다. 물론 독일, 프랑스, 영국, 일본, 미국, 러시아 등 서구 열강들의 문화재 약탈과 해외 반출로 한국과 중국 대륙의 많은 문화재가 이미 외국에 넘어갔고 또 중일전쟁과 문화대혁명을 거치며 대다수의 문화재가 불태워지고 파괴되었다. 그렇다 해도 직지가 남아있으리라는 믿음이야 어찌 버리겠는가.

청주 공항 직지전시관-세계기록유산 '직지심체요절' 을 국내외에 알리기
위하여 직지 관련 자료를 전시 홍보하고 있다.

출발: 2차 직지탐험대의 설레임

여행의 즐거움은 기다림에 비례한다. 사랑하는 연인처럼 그 무엇을 간절히 바라는 마음이 여행에 가미되면 그 여행이 주는 즐거움은 무한 증폭이 된다. 맛있는 과일이 많은 햇볕과 이슬이 필요했듯이 2차 직지탐험대도 많은 준비와 기다림이 필요했다.

2차 직지탐험대는 직지의 고장, 청주공항에서 출발하였다. 예전처럼 새벽부터 일어나 인천공항으로 가지 않고 살짝 집 앞에서 떠나게 되어 출발부터 가뿐했다.

1차 답사 이후 자료 정리와 분석을 거치고 2차 탐험지의 목표지를 선정하는 것도 큰 일거리였다.

직지 영인본

절강성 _ 풍요롭고 아름다운 곳

浙江省

중국 동해변에 위치하며 인구 4720만을 가진 풍요
로운 지역이다. 연해에 400개 이상의 섬이 흩어져
있어서 중국에서 가장 섬이 많은 곳으로도 유명하
며, 아열대에 속해 사계절이 뚜렷하고 따뜻하다.

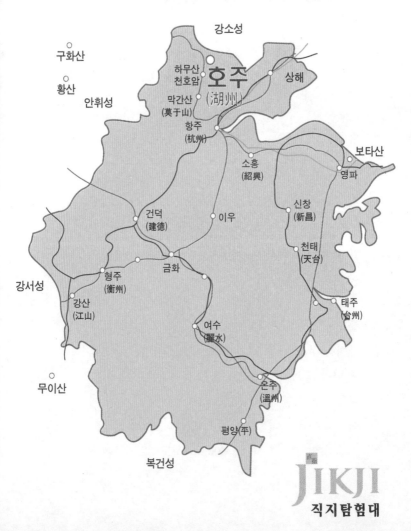

강소성

구화산

하무산
천호암

호주
(湖州)

상해

황산

막간산
(莫于山)

안휘성

항주
(杭州)

보타산

소흥
(紹興)

영파

건덕
(建德)

이우

신창
(新昌)

천태
(天台)

강서성

형주
(衢州)

금화

강산
(江山)

태주
(台州)

여수
(麗水)

무이산

온주
(溫州)

평양(平)

복건성

JIKJI
직지탐험대

호주 지역의 명상
남심진(南潯鎭)

호주(湖州) 지역은 이번 답사여행의 핵심지이다. 지난 1차 답사 때는 시간이 여의치 않은 데다 일행까지 많아 답사하지 못했던 곳이다. 우리는 거센 빗발을 무릅쓰고 1차 목적지인 절강성 호주의 남심 고촌을 찾기로 하였다.

탐사길에 동행이 되어 준 차는 북경 현대의 스타렉스였다. 20여년 전 태국 등 동남아에 현대자동차 한대를 구경하고도 그렇게 좋아했는데 지금은 13억의 나라 중국 대륙에 지천으로 깔려있는 것이 현대자동차이며 삼성 핸드폰이란다. 안락한 차량이 여행길의 마음을 더욱 가볍게 한다.

상해에는 남심까지는 200km 정도이다. 아직은

남심의 수로와 고풍스러운 가옥

본격적인 관광지로 개발되지 않아 관련 자료는 없었다. 그만큼 헛걸음이 될 위험을 안은 여행길인 것이다. 중국 여행에서 가장 어려운 것은 기록과 사실이 다르고 이동거리가 너무 멀다는 것이다. 큰 기대를 갖고 2시간 이상 달려간 곳에 아무것도 없고 조그마한 비석만 덩그러니 있을 때의 그 황당함이란. 하지만 여행의 가장 큰 즐거움 가운데 하나가 의외성이다. 새로운 것에 대한 모험은 위험을 동반하지만 새로운 가능성을 동시에 가져다준다는 것이 경험의 소치이다.

남심은 상해에서 서쪽으로 200km 정도 떨어져 있으며 소주와는 70km 정도의 거리를 두고 있다.

절강성 호주시 남심 옛 마을 가업장서루 전경

많은 전문가들은 그 유명한 소주의 졸정원보다 남심진이 낫다고 하는데, 이는 아마도 소주의 졸정원과 달리 실제로 사람이 살고 있는 마을인 까닭이 아닌가 싶다. 수로 사이를 교묘한 솜씨로 나룻배를 저어나가는 아리따운 여인네의 모습이 꽤나 이국적이다.

이곳은 상해 근처의 주장 지역과 비슷하지만 직지의 편저자인 백운화상의 스승인 석옥 청공선사의

가업장서루. 개인 장서 및 고서적이 보관되어 있다.

흔적이 남아 있을 법한 동네라 더욱 정감이 갔다.
이곳에서 특히 눈에 띄는 것은 가업장서루(藏書樓)
이다. 근대에 세워진 개인 장서루인데 직지와는 관
련이 없다 하더라도 서적을 모아 논 곳을 보니 욕심
이 생겼다. 4시 30분이면 입장이 제한된다 하여 자
세히 살필 수가 없었으나, 이러한 개인 장서루가 있
다는 것은 이 지역의 출판 및 서적 유통이 원활하였
다는 증거이리라.

백운화상의 발자취를 따라
하막산 **천호암**(天湖庵)

천호암에서 바라보는 태호(太湖) - 석옥 청공과 백운화상은 이곳에서 어떤 감회에 젖었을까

장흥   태호
          호주시   남심진

묘서진 천호암
(妙西鎮 天湖庵)

덕청

이제 발걸음을 호주 시내로 돌렸다. 저녁 6시 30분쯤 꿈에 그리던 호주 시내로 진입을 하였다. 호주는 인구가 260만 명 정도이나 2300년의 역사를 가진 고도이다.

예로부터 소주, 항주 지역과 더불어 쌀과 누에, 비단이 유명한 호주는 풍요를 구가하던 지역답게 여유로움이 넘친다. 2006년 8월에는 한국의 청주시와 자매결연을 맺고 교류를 한다 하였다.

물의 고장답게 물 반 고기 반이다. 큰 강을 배경으로 한 식당에서 호주 입성을 자축하며 민물새우와 송어회로 푸짐하게 장식된 저녁식사를 하였다. 반주로 곁들인 서호맥주가 직지탐험대의 사기를 북돋우었다.

식사 후 여장을 풀고 시내 탐방을 하였다. 보이지 않는 곳을 답사하고 동네 서점이나 고서점가를 답사하는 것이 직지찾기의 지름길일 것이다. 도심 전체를 뒤덮은 가로수와 6차선의 널찍한 도로를 달리는 자동차와 인력거, 자전거의 물결이 낭만적인 감상을 일깨운다. 그 속에서 백운화상과 석옥 청공의 예사롭지 않은 만남을 떠올리는 것이 과연 필자만의 감상일까.

호주 시내 가옥-고층 건물과 기와가 세련미를 보여준다.

비오는 날 아침의 호주 시내

개구리정보

 개구리정보

절강성 호주(湖州 , 후저우)

호주시의 총 면적은 약 5,818㎢이며, 인구는 약 257만 명이다. 2300년이 넘는 역사를 가진 강남 지역의 고도로 〈비단의 집〉, 〈어류와 쌀의 고향〉, 〈문화의 도시〉 라는 명칭으로 불리고 있다. 상해에서 시외버스로 2시간 거리에 있으며 가는 길에 강남 지역의 고촌인 남심고촌문화단지가 있어 중국의 옛 문화를 알 수 있다.

특히 호주시는 2006년 한국 청주시와 자매결연을 맺어 더욱 알려졌는데, '직지심체요절' 의 서문에서 목은 이색은 직지의 모본이 되는 '불조직지심체요절' 을 호주 하무산(霞霧山) 석옥 청공선사에게서 가져왔다고 기록하고 있어 직지탐험대에게는 소중한 지역이다.

이 지역에는 차(茶)의 성인으로 불리는 육우의 묘가 있어 흥미를 끈다. 뿐만 아니라 육우를 지원한 당나라 시대의 서예가 안진경과도 인연이 깊고, 직지 서체에 영향을 준 원나라 조맹부의 고향이기도 하다. 이렇듯 호주 지역은 백운화상의 스승인 석옥 청공선사의 주석처로 직지 소재의 중요한 단서를 제공한다.

JIKJI
직지탐험대

아침 일찍 일어나 혼자서 동네를 한 바퀴를 돌아보고 식사를 했다. 아침부터 비가 내리는데 가이드는 하막산 천호암(天湖庵)을 잘 모르는 듯하여 내심 불안했다.

　　이번 답사의 주요 일정 중에 하나가 하막산 천호암으로, 백운화상에게 '불조직지심체요절'을 전한 석옥 청공의 발자취를 찾아보는 것이었다. 1350년경 고려의 미래와 불교의 올바른 가르침을 구하던 백운화상이 불원천리 석옥 청공을 찾아온 곳이 바로 천호암이다.

　　석옥 청공은 고려 말 3대 선사인 태고 보우화상도 석옥 청공선사와 두터운 교류를 하였고, 나옹화상과 충선왕도 절강성 보타산을 방문하였다는 기록이 있을 만큼 고려불교와 적지 않은 인연을 맺은 중국 선종사의 한 축을 담당했던 대선사였다.

북경 현대 스타렉스를 타고 하막산 천호암으로 가는 탐험대

하막산 천호암(운림선사)

한국에서 가져온 자료를 보면 천호암은 호주시 동남쪽 묘서진에서 15km 떨어진 곳에 있었다. 근처에 도착하니 길이 갑자기 좁아지고 표지판조차 없어 몇 번씩이나 동네 사람에게 물어보아야 했다. 좌로 돌고 우로 돌고 요리저리 막힌 길을 뚫고 산길을 걸어서 백운화상의 발자취를 조심스럽게 뒤쫓았다. 꽤 높은 지대까지 올라왔지만 사람의 흔적은 보이지 않았고, 이러다가 길을 잃고 중국의 외딴 마을에 버려지는 것은 아닌가하는 불길한 생각도 들었다. 긴장과 갈등 속에 불안을 무릅쓰고 한참을 더 나아가니 그때서야 도로 포장공사 현장이 나타나면서 사람들이 보이기 시작했다. 마음씨 좋아 보이는 젊은 스님도 보였다. 그때의 그 안도감이란….

우리도 이럴진대 1350년, 백운화상은 어떻게 이곳을 찾아왔을까. 우리는 가이드와 자동차, 동료들이라도 있지 않은가! 656년 만에 자신의 후손들이 직지의 원본을 찾아 빗길을 헤치며 천호암에 온 것을 보았다면 어떤 표정을 지었을까?

하무산(霞霧山) 천호암은 지명이 여러 번 바뀌어 지금은 하막산(霞幕山)이

하막산 천호암 입구의 요사채 벽. 광고판에 하무산(하막산) 백차 기지라 표시가 되어 있다.

라 부르고 있었다. 순전히 기록만 보고 찾아온 것이니 현지 가이드가 알아듣지를 못하여 더욱 애를 태웠던 것이다. 글자 한 자가 현지에서는 많은 시행착오를 가져올 수 있다는 사례를 보여준 것이다.

행정구역상의 정식 명칭은 절강성 호주시 묘서향(妙西鄉) 하막산(霞幕山) 천호암(天湖庵)으로 주봉은 408m이며 서쪽으로는 장흥현과 인접해 있으며 멀리는 태호(太湖)를 바라보고 있는 아름다운 산정이다. 석옥 청공선사가 계시던 천호암의 유래를 담은 천호(天湖)는 조그마한 연못으로 변해 버렸지만 높은 산등성이의 생명수로서 주변의 차밭을 가꿔주는 귀한 샘물이기도 하다.

석옥 청공선사는 선불교의 종조인 달마-혜가-승찬-도신-홍인-혜능으로 이어지는 정통 조사의 법맥을 이은 인물로 임제 의현스님의 18대 법손이 된다. 석옥 청공선사은 41세(1321년)에 호주 하막산에 들

천호암이 운림선사로 바뀌어 유지되고 있다.

어와 81세(1352년)에 입적하기까지 대부분을 천호암에 거주하였다.

고려국 승려인 태고 보우스님(1301~1382년)이 1347년에 이곳 천호암에 주석하던 석옥 청공선사를 참배하였다는 기록이 있은데, 당시 청공선사는 77세였으며 태고 보우스님은 48세였다.

또한 목은 이색은 직지심체요절 서문에서 1351년(충정왕 3년), 직지의 편저자인 백운화상(1299~1375년)이 54세의 나이로 이곳을 방문하였다고 기록하고 있다. 54세라는 적지 않은 나이에 먼 이국 땅의 하막산 천호암을 찾은 백운화상의 뜻은 무엇이었을까.

당시 고려와 송나라는 원나라의 군사력에 시달리고 있었는데, 급기야는 원나라가 대륙 중원을 장악하고 송나라는 남쪽으로 밀려나 있었다. 원나라는 밀교 계통의 라마교를 신봉하였으므로 원나라의 내정간섭을 받던 고려의 불교계 또한 이의 영향에서 벗어나기 힘들었다. 태고 보우스님이나 백운화상 같은 이는 이러한 때 고려 불교, 특히 선불교의 부흥을 도모했던 선사들이었다. 한편 육조 혜능스님 이후 중국 남선종의 선불교는 광동, 복건 지역과 호주, 항주 등지에서 그 세력을 유지하고 있었으며, 더구나 임제종을 연 임제스님의 18대 법손인 석옥 청공선사는 하막산 천호암에서 선종의 법맥을 잇고 있었다. 이는 법통을 중요시하는 선종의 성격상 아주 중요한 의미를 갖고 있었다. 중국 선사들의 법통을 직접 잇지 못했던 태고 보우스님과 백운화상은 선불교의 법통을 재확인하여 고려불교를 부흥하고, 나아가서는 고려의 국운을 재건하기 위해 천호암의 석옥 청공선사를 찾았던 것이다.

이때 석옥 청공선사는 백운화상이 큰 법기임을 알고 '불조직지심체요절' 한 권을 주었는데, 뒷날 백운화상이 이를 다시 보완하여 '백운화상불조직지심체요절'로 꾸몄으며 이것을 그의 제자 석찬, 달담 등이 금속활자를 주조하여 책으로 펴냈으니, 그것이 바로 세계 최초의 금속활자본으로 세계기록유산에 등재되기에 이른 것이다.

하막산 천호암의 유래가 된 샘물 - 산 정상에서 솟아나는 샘물이 신기하다.

천호암(운림선사) 주변 전경 - 하막산 정상에 아늑하게 자리를 잡았다.

　여름비가 촉촉이 내리는데, 운림선사(雲林禪寺)
로 개칭 복원된 천호암을 둘러싼 넓은 능선에는 역
사의 시간을 뚫는 바람이 세차게 불고 있다. 1996년
한·중 수교가 이루어진 이후 태고종과 조계종 스
님들이 간간히 참배를 한다지만, 세계기록유산인

　'직지심체요절'의 발자취와 대륙에 남아있을지 모
를 직지를 찾아 이곳 천호암에 온 것은 이번 2차 직
지탐험대 일행이 최초가 아닌가 싶다.

　운림선사로 이름을 바꿔 단 천호암은 차(茶)를 가
꾸며 역사 유물을 보존하고 있었다. 호주시 정부도

직지탐험대와 석옥 청공선사의 후예 스님들 - 천호암은 옛 모습을 잃었지만 새로운 생명력으로 끊임없이 이어지고 있다(좌에서 세 번째가 필자).

운림선사의 중요성을 알고 몇 년 전부터 주변을 정리하고, 진입로를 넓히고 시멘트 포장공사를 하는 등 앞으로는 보다 쉽게 찾아올 수 있도록 정비하고 있었다.

사찰은 주지스님 한 분과 젊은 스님이 운영하고 있었다. 인상 좋은 주지스님은 방문객을 반갑게 맞아주면서 사찰 안내를 해 주었다. 뿐만 아니라 사찰 안내 책자를 요청하자 마지막 남은 자료를 흔쾌히 내주는 등 정성을 다해 백운화상의 후예를 맞아주었다.

아쉬운 작별을 하고 산에서 내려오니 무엇인가 큰 일을 마친 것 같아 마음이 뿌듯하였다. 다시 호주 시내로 들어오니 시내 산 정상에 높이 솟은 탑이 보였다. 얼마 전부터 청주 지역에 직지통일대탑(가칭)을 세우자는 제안이 있었는데, 이곳 중국 호주에서 대탑의 모델이 될 만한 탑이 보여 일행이 미소를 지었다.

천호암 기념탑 - 하막산 천호암 정상에 새겨진 기념탑이 길을 잃은 이에게
등대의 역할을 해 주고 있다.

그 산은 도량산(道場山)이라 하며 그곳에 만수선
사(萬壽禪寺)가 있는데, 고려의 태고 보우스님과 관
련된 기록이 남아있다. 이들 기록은 선불교의 법맥
이 석옥 청공에서 고려의 태고 보우로 이어졌다고
밝히고 있다.

아름다운 정원
조맹부 화원별장

연화장에 가득한 연꽃잎이 호주 지방의 문화적인 향취를 느끼게 해준다.

　다음의 답사 코스는 직지 서체에 영향을 준 조맹부 선생의 기념관이 있는 화원별장이다. 호주시는 석옥 청공선사 이외에는 아무런 정보가 없어 무척 생소하였으나 조맹부기념관을 방문하니 아기자기한 정원의 모습이 나그네의 정취를 북돋워주고 친근감을 느끼게 해주었다.

'직지심체요절' 영인본

조맹부 동상(원나라, 1254~1322)
단아한 모습이 인상적이다. 고려 충선왕과
〈동국이상국집〉을 남긴 이제현의 친구
이기도 하다.

'직지심체요절'의 마지막 면.
'청주목주자인시'라고 명기 되
어 있다.

　　호주시는 문방사우 중 붓의 원조인 호필(湖筆)의
고향으로 많은 문필가가 배출되었다. 호필박물관에
는 조맹부의 많은 유품과 명필들의 진품이 전시되
고 있었다. 조맹부는 당시 원나라에 벼슬을 하면서
신임이 두터웠는데, 고려 충선왕과 대단히 절친하
였고 익제 이제현과도 교류를 하였다. 특히 충선왕
은 왕위에 오른 후 조맹부 글씨를 고려에 보급하는
데 앞장섰을 정도로 친교가 두터웠다고 한다.

　　이곳에서 조맹부의 체취를 느끼니 새삼스럽게
'직지심체요절'이 전해주는 고려의 향취를 느낄 수
있었다.

문방사우의 도시 호주
호필박물관

조맹부별장을 보고 호주시 호필박물관을 답사하
였다. 문방사우의 도시답게 엄청난 붓과 문방사우
에 관한 기록들과 조맹부와 관련된 작품이 전시되
어 있다.

중국에서 처음 종이를 만든 채륜, 진시황 때 처음
붓을 만든 몽염 등 붓과 문방사우의 역사적인 관계
를 소중한 문화재로 가꾸어 놓았다. 이렇게 호주 문
화 공간을 둘러보니 석옥 청공선사가 백운화상에게
준 '불조직지심체요절'이 필사본이나 목판본일 가
능성이 높아 보였다.

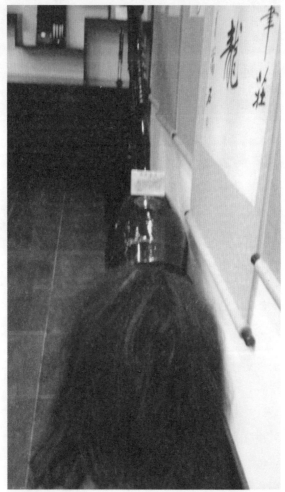

호필박물관, 5m짜리 붓
최고의 붓의 고향답게 대붓으로 박물관의 성격을 이야기해 주고 있다.

호주시 호필박물관, 조맹부 예술관. 빛나는 글씨가 조맹부의 고향임을 이야기해 주고 있다.

　우리 일행은 다음 목적지인 장흥(長興)현으로 이동하였다. 지도상으로는 가까운 곳이었는데 가보니 조금 멀고 엄청 큰 도시였다. 현의 청사도 과천종합청사만큼 대단한 규모를 자랑하고 있었다.

　이곳은 '직지심체요절'의 시주자인 묘덕스님과 관계가 있는 곳이다. 그분의 속성은 장흥 임씨인데 그분의 조상이 이곳에서 이주하였다고 되어 있다. 참으로 중국과 한국은 지명을 둘러싼 묘한 인연이 있는 것 같다.

장흥 고저산 자순차밭 앞 금사천 - 차의 성인 육우선생이 이 물로 스승인 교연스님을 모시고 이 곳에서 다경(茶經)을 지었다고 한다.

　막상 도착해서 보니 고저산 자순차밭은 그냥 시골동네였다. 하지만 차의 성인으로 추앙받는 육우선생이 교연스님을 모시고 차를 배웠던 유서 깊은 고장으로 아직도 금사천(金沙泉)이 보존되어 있어 육유선생과 교연스님의 전설을 들려주고 있었다.

PART 2

몽골

흑룡강성

길림성

요령성

내몽고 자치구

하북성

항산 ▲
오대산 ▲

태원 ⊙

장치 ⊙

산서성

태산 ▲
산동성

저하회족
자치구

감숙성

섬서성

서안 ⊙

정주 ▲
낙양 숭산
개봉

하남성

강소성

남경 ⊙

화산 ▲

안휘성

소주 ⊙

상해 ⊙

사천성

호북성

합비 ⊙

호주 ⊙

한주 ⊙ ⊙ 녕파

소흥 ⊙

이우 ⊙

절강성

귀주성

호남성

형산 ▲

남창 ⊙

강서성

복건성

광서장족
자치구

광동성

해남성

산서성 _ 중국 역사의 시발점

중국 동부에 위치하며 북송시대의 유적과 원나라 시대의 유적이 많이 남아있다. 예로부터 인물은 산 서성과 산동성에서 난다 하였다. 중국 역사의 시발 점이라 할 삼황오제와 하·은·주의 임금 모두가 산서성 출신이니 의심할 여지가 없을 듯하다.

내몽고 자치구

대동
(大同)

▲항산

오대산
(五台山)

하북성

흔주

태원
(太原)

진사   진중

평요고성
(平遙)

섬서성

안양

임분(평양)
상당문

장치
(長治)

진성(晋城)

운성

하남성
삼문협

▲화산   영보

山西省

JIKJI
직지탐험대

중국 역사를 깊이 간직한
고대도시 태원(太原)

장흥을 마지막으로 호주시에서 서둘러 상해로 날
아왔다. 하남성 낙양 지역을 먼저 답사하고 산서성
태원 지역으로 이동하려 했으나 항공 노선을 감안
하여 북쪽에서 남쪽으로 내려오는 코스를 정하였
다. 상해 지역에서 태원 지역까지는 1200km 정도의
거리라 하였다.

산서성 태원 지역은 이번이 처음이라 대단히 궁
금하였다. 역사를 연구하시는 김선생께서는 이곳이
엄청난 곳이라고 말했지만 무엇이 엄청난지 알 수
없었다. 다만 태원이 수나라와 당나라의 근거지로
옛 지명이 춘천도호부이며 춘주(春州)라 불렸다는
것 정도의 상식만 갖고 있었다.

산서성 태원 시내의 유차노성 성곽 - 1천5백 년의 시간여행을 느끼게 해준다.

유차노성 성곽

유차노성 성곽의 지도

유차노성의 담장

제3일차 2006년 7월 17일, 오늘은 제헌절이다. 대한민국의 헌법을 제정하고 현대 국가로 발돋움하는 것을 기념하는 역사적인 날에 우리는 중국 대륙에서 직지를 찾고 있다. 중국 5천 년의 역사를 고스란히 간직하고 있는 대륙의 고대 중요도시인 산서성 태원의 심장부에 있는 것이다.

흥분한 탓인지 새벽 1시에 잠이 들어 새벽 5시에 눈을 떴다. 게으름뱅이가 시차와 역사 속의 시간여행을 통하여 자신을 방어하려고 부지런을 떠는 것이다. 어제는 상해 홍교공항에서 꼬마 수호지 60권짜리를 구입을 하였다. 직지는 고려시대의 인쇄물이기 때문에 북송시대와 원나라시대의 출판물과 관계가 깊다. 같은 시대의 출판물을 이해하면 직지와의 상관관계를 찾을 수 있을 것 같아 큰맘 먹고 장만했다.

아침 일찍 일행들이 잠들어 있을 때 1시간 먼저 일어나 태원의 아침을 맞이하러 거리로 나섰다. 7월이지만 북쪽 기후의 영향을 받는지 날씨는 제법 쌀쌀하였다. 역사의 도시답게 한 10분 정도 고적지를 찾아가니 영화 속에서 만 보던 옛 성곽이 현실로 존재하고 있었다.

태원의 옛 읍성인 유차노성(愉次老城)이 방대한 규모로 복원되어 있었다. 3천년 전의 역사 현장이 그대로 재현된 것이다. 그곳에는 글을 가르치는 서원과 옛 관청이 있고 성황묘도 있으며, 문묘(文廟)와 무묘(武廟)도 있어 춘추전국시대부터 이어져온 문화의 이력을 읽을 수 있었으니 참으로 신기하고 놀라울 뿐이다. 역사소설이나 무협지를 쓰는 사람들이나 문화콘텐츠를 연구하는 사람들에게는 매력적인 공간이 될 듯했다.

상쾌한 아침 광장은 제기차기, 연날리기, 검술, 기공체조는 물론이고 현대 댄스를 하는 사람들로 북적거리고 있었다. 아마도 가장 중국적인 모습을 꼽는다면 바로 아침 광장의 이 풍경이 아닐까. 어쩌면 중국인들은 이 아침시간 때문에 존재할지도 모른다. 직업의 귀천과 신분의 고하를 막론하고 새벽 시간만큼은 그들 모두한테 공평하게 주어져 자신의 삶을 향유하는지도 모르겠다.

산서성 태원 지역은 사실상 중국 역사의 거점지역이다. 북송시대의 유적과 원나라시대의 유적이 많이 남아 있는데, 아직도 미개발지역이라 중국문

태원시 유차노성 광장 - 아침이면 시민들이 모여 제기를 차며 연을 날리고 춤을 추며 그들만의 인생을 즐기고 있는 모습이 인상적이다.

화의 원형이 그대로 보존되어 있는 것 같아 시간을 가지고 조사를 해 볼 필요를 느꼈다. 대개는 북경을 통하여 중국을 이해하고 있지만 사실은 북경 등이 위치한 하북성보다는 산서성이 중국 대륙의 핵심적인 공간이라는 것을 이해할 필요가 있다. 예로부터 인물은 산서성과 산동성에서 난다고 하였으니, 중국 역사의 시발점이라 할 삼황오제와 하·은·주의 임금 모두가 산서성 출신이다. 뿐만 아니라 중국의 유명한 상인도 모두 산서성 출신으로 이들이 뒷날 절강성, 광동성, 안휘성으로 흩어져 자리를 잡게 된다. 우리가 잘 아는 후한시대 삼국지의 주인공 관운장도 산서성 운성(運城)출신으로 그의 아버지가 당대 최고의 사업인 소금 중개인(鹽商)이었던 것이다. 이렇듯 산서성과 태원은 중국의 역사와 문화가 고스란히 녹아있는 역사의 타임캡슐이다.

태원 시내 유차노성의 위용을 나타내는 패루

첫 목적지인 진사(晉祠)로 가기 전에 유차노성을
답사하였다. 오늘의 탐험 일정은 도교사원인 진사
와 세계문화유산인 평요고성 그리고 우리의 원래
목적지인 장치 지역까지 가는 것이었다. 진사나 평
요고성은 직지와 직접적인 관계는 없지만 춘추전국
시대의 패자인 진(晉)나라의 중심 지역이자 한(韓)
나라의 근거지로 뒤에 상당군(上黨郡)으로 발전했
다. 이곳은 또 청주 한씨와 청주 곽씨의 본향으로
알려져 있다.

이제 우리는 도교의 유적지이자 북송시대의 유물
이 있는 진사로 간다.

도교사원
진사(晋祠)

진사(晋祠)는 태원 시내 서남쪽 25km 지점에 있
다. 진사는 주(周)나라 무왕의 둘째 아들로 진(晋)의
시조가 된 당숙우(唐叔虞)의 묘(사당)로 당숙우를
기리기 위해 북위 시대에 건립하였다. 그 후 여러
번 수리를 했으며, 북송시대에는 당숙우의 어머니
인 읍강(邑姜)을 기리기 위해 성모전(聖母殿)이 건
립됐다. 성모전은 가장 오래된 목조 건물로 성모전
의 기둥을 휘감은 목조의 용이 위엄을 드러내고 있
다. 전 내에 안치된 북송대의 시녀상(侍女像)은 제
각기 독특한 표정을 짓고 있어 보는 이로 하여금 편
안함을 갖게 했다. 이 시녀 소조상은 대단히 우아하
여 예술적 가치가 뛰어나다.

진사의 전경

태원시 외곽의 진사 입구

성모전을 바라보고 왼쪽에는 진사 내에서도 가장 깨끗하다고 하는 난노천(難老泉)이 있다. 난노천에서는 쉴 새 없이 물이 솟아나고 있는데, 이 물을 마시면 늙지 않는다는 이야기가 있어 사람들의 줄이 장관을 이룬다.

주나라 시대부터 3천 년 넘게 세월을 지켜온 측백나무가 성모전을 바라보고 있고, 오른쪽 옆에 우뚝 서있는 주백(周柏)나무는 45도 각도로 기울어져 장관을 이루고 있다. 특히 송소시녀(宋塑侍女), 난노천(難老泉), 주백(周柏)은 진사 3절(晉祠三絶)이라고 불리며 진사를 방문할 때 빼먹지 않고 답사 하는 명소라 한다.

사람들은 산서성 지역을 가면 의례 진사를 들른다고 한다. 진사의 첫인상은 아담하고 조용한 도교

진사 철인 - 주물로 만든 조각품

난노천(難老泉) - 마시면 늙지 않는다는 속설이 있어 사람들이 줄을 서서 마시려 한다.

주백(周柏) - 주나라 시대부터 3천 년 전부터 존재해온 측백나무로 진사3절의 하나

성모전 앞의 호신상

사당 그 이상도 그 이하도 아니고 그저 평범하였다. 동네 아주머니가 안내책자를 사라고 필사적으로 다가왔지만 우리 일행은 무심히 진사의 입구로 들어섰다. 사람이 너무 많아 정신을 놓고 걷다가 북송시대 만들어졌다는 철인(鐵人)을 보고 정신이 번쩍 들었다. 여러 사람들이 비비고 만지고 기념사진을 찍는 등 난리법석이었다. 원래 산서성은 철과 석탄이 많이 나는 곳으로 유명하다. 이 진사 철인은 1097년경에 만들어져 사람들에게 행운의 수호천사로 많은 사랑을 받고 있다고 했으나, 나는 금속활자와 관련된 단서는 없는지 혹은 금속활자와 시대적인 공통점은 무엇인지에만 관심이 쏠렸다.

진사에서 눈에 띄는 것은 성모전과 창랑지수(滄浪之水)의 고사가 연원하는 연못이었다. 초나라 시

성모전 앞의 나무 용조각, 국가문화재로 지정.

인 굴원의 「어부가」라는 시편에 나오는, "창랑의 물
이 맑으면 나의 갓끈을 씻고, 창랑의 물이 흐리면
나의 발을 씻으리"라는 구절이 여기에서 유래되었
다는 것이다. 세상과 더불어 살아가는 처세술을 이
야기한다고 하나 정확히 진사와 어떠한 관계가 있
는지는 좀더 알아봐야겠다.

진사를 나오면서 돌이켜보니 좀더 자세히 답사하
지 않은 것에 후회가 되었다. 그곳에서 구입한 자료
를 보니 고려시대와 관련된 북송시대의 유물이 상
당히 많은 것을 발견하였기 때문이다. 답사여행에
서 안내책자의 중요성을 다시 한번 절감하는 순간
이었다.

다음 일정은 2천7백 년의 역사를 가진 평요고성
이었다.

작은 베이징
평요고성(平遙古城)

평요고성 - 세계문화유산이자 중국 고건축의 보고, 둘레 6.4km로 장관을
이루며 성 안 생활이 어떻게 이루어지는지 적나라하게 보여준다.

태원에서의 일정은 바쁘게 진행
되었다. 애초의 답사예정에는 없
었던 평요고성을 일정에 넣은 것
은 산서성 지역의 관광자원을 개
발하자는 취지에서였다. 아무리
자료에 나와 있다 해도 실제로 답
사를 해보지 않으면 그 중요도를
알기가 어렵기에 답사하기로 한
것이다. 결론은 헌하오(매우 좋
다)! 훌륭한 선택이었다.

평요고성의 옹성 - 적을 유인하는 곳이다.

평요고성의 무기

장치지역은 춘추 전국시대의 상당군(上黨郡)이며 청주 한씨와 청주 곽씨의 본향이었다. 그러나 이 지역은 문화대혁명 이후 시내에 있는 상당고성이 모두 파괴되어 그 형태를 알아볼 수 없었고 겨우 상당문 지역만 유지되고 있다. 이 파괴된 유적에 대한 실체를 유추할 수 있는 공간이 바로 태원 시내의 유차노성과 평요고성이다.

운남성의 여강고성과 대리고성, 호남성의 봉황고성과 함께 중국 4대 고성의 하나인 평요고성은 유네스코 지정 세계문화유산으로 이날도 전 세계의 관광객이 밀물처럼 몰려들고 있었다. 세계문화유산 등재 후 열심히 보수를 하고 있지만 언제 끝이 날지 모르겠고 마무리를 할지 안할지도 모르겠다. 그래도 전 세계 사람들이 꾸역꾸역 몰려들어 장사가 잘된다고 한다.

평요고성의 크기는 사방이 6.4km라고 하나 그 끝이 보이질 않는다. 높이는 30m 정도이며 입장료는 무려 120위안(한화15,000원)이나 받는다. 이 성은 춘추시대의 진(晉)나라의 옛 도읍지였으며 전국시대에는 조(趙)나라의 도읍지였으나 북위시대부터 중요성이 약화되었다고 한다.

내가 평요고성에 관심을 갖게 된 것은 산서성 장치 지역의 자료를 찾으면서 건축학과 팀들이 고건축 자료로 현장 답사를 많이 간다는 사실을 알게 되면서부터였다. 이번이 첫 방문이지만 중국의 역사를 아는 데 대단히 중요한 유적지라는 생각이 들었다. 우리나라 여행객들은 이러한 역사 유적보다는 황산, 원가계, 장가계 등 자연 경관을 더욱 선호한다고 하는 데, 좀더 다양한 모습으로 중국 문화를 이해하는 답사여행이 더욱 즐거움을 주리라는 생각을 해 본다.

사실 중국문화는 대단히 다이나믹하지만 사전지식이 없으면 매우 불편하고 지저분한 여행으로 끝날 소지가 많다. 이곳 평요고성만 해도 그렇다. 평요고성은 옛 고성의 실제의 주거 공간이 보존되어 있는 산서성 주변의 역사적인 공간으로 중국 최초의 은행업이 시작된 곳이다. 중국을 대표하는 산서상인, 일명 진상(晋商)의 본거지로 중국 은행업의 시초인 표호(票號)가 시작된 일승창(日昇昌)이 있는 곳이며, 중국 금융업의 영웅 뇌이태의 고향이기도 하다. 이러한 사전지식이 없이 평요고성을 찾는다면 단순한 눈요기에 그치는 무의미한 여행이 될 것은 자명한 일이다. 아무튼 돈을 벌고 싶은 사람은 한번쯤은 반드시 방문해야 할 곳, 찾아보고 싶은 곳이 바로 평요고성이다.

터벅터벅 뜨거운 불볕더위 속에서 평요고성의 거리를 걸으며 직지탐험대의 깃발을 들고 기념사진을 찍었다.

평요고성은 다른 고성과는 차별을 둔 독특한 설계 형식으로 유명하다. 평요고성의 성문은 모두 밖으로 튀어나와 안팎으로 두 겹의 문이 설계되어 있다. 또 성곽 내부와 주변의 형세가 마치 한 마리의 거북이를 연상시켜 '거북성' 이라고 불리기도 한다.
특히 교통 요충지로서 그 가치를 인정받아 고대 수
백 년 간 수도의 역할을 맡아 온 평요고성은 춘추
(春秋)시기에는 진(晉)나라의 옛 도읍지로, 전국(戰
國)시대에는 조(趙)나라의 도읍지에 속하였지만,
북위(北魏) 초부터 일개 지방 도시인 평요현(平遙
縣)으로 전락됐다고 한다. 이후 2천7백여 년 동안
평요는 비록 현성(縣城)에 불과했으나 정치, 경제,
문화 등 여러 방면에서 그 역할이 적지 않았다.

기나긴 역사 속에서 풍부하고 다채로운 문물 고
적을 남겼는데, 현재 각종 문물이 300여 곳이 있으

중국 표호박물관 - 중국 최초의 근대식 은행 - 일승창

중국 금융업의 영웅 - 뇌이태의 흉상

며 중국정부가 문화재로 지정한 문물만 해도 99곳
이나 될 정도다. 또 평요고성은 관광객들에게 다양
한 볼거리를 제공하는 일반적인 여행지로도 유명하
다. 완전히 보존된 성벽과 명·청(明淸)시대 성곽의
구조, 표호(票號-옛날 개인금융기관)의 모습이나,
민가인 사합원(四合院, 중국의 전통적인 사각형 주
택구조)과 거리 및 사찰과 묘당 등의 고건축물들이
혼연일체가 되어 매우 특색 있는 한 폭의 그림을 형
성하고 있다.

　뿐만 아니라 예로부터 상업으로 유명했던 평요고
성은 '작은 베이징(小北京)' 이라 불릴 정도로 화려
했고, 고성을 찾는 관광객들에게 많은 볼거리와 희
귀한 지역 관광상품을 판매하고 있다. 기나긴 역사
의 물줄기 속에서도 평요는 고성의 모습을 완전하
게 보존하고 있는데 그 중에서도 가장 눈에 띄는 것

평요고성(平遙古城)

중국 산시성(山西省) 평요 현도에 자리 잡고 있는 평요고성(平遙古城)은 주대(周代)시기에 축조를 시작해 명대(明代) 홍무 3년에 완공(기원전 256년)된, 명·청(明淸)시기의 중국 한족의 걸출함을 보여주는 실례로서 그 시기의 모든 특징들이 그대로 보존되어 있다. 따라서 중국의 문화, 사회, 경제 및 종교발전사를 거의 완전한 모습으로 보여주는 유적지라고 할 수 있다. 둘레는 6.5km이다.

2천 년의 유구한 역사를 간직하고 있는 평요고성은 문물 고적의 배치가 조화로운 것이 특징이다.

봉건사회의 예교(禮敎)와 습속(習俗)을 완벽히 계승해 유가(儒家), 불가(佛家), 도가(道家)의 문화를 충분하게 보여주는 유적으로 중국의 정치, 경제, 문화, 예술사의 살아있는 역사 자료로 평가받고 있다.

JIKJI
직지탐험대

평요고성 명·청 거리

이 명·청시대의 건물들로 거리를 따라 늘어서 있
는 상점과 점포 등이다. 평요에는 약 20여 개의 상
점이 있는데 분점이 전국에 분포하고 있다고 하며,
'일승창(日昇昌)'이나 '백천통(百川通)' 등은 지금
까지도 전국에서 가장 오래된 금융 점포로 옛 모습
을 그대로 간직하고 있어 명·청 시기의 시장의 번
성과 상가가 운집했던 역사적 풍모를 볼 수 있다.

금강산도 식후경이라고 무더위를 피해 휴식 겸
식사를 하며 시원한 맥주도 한 모금 마셨더니 속이
시원하였다. 이곳에는 2개의 유명한 절로 서쪽의

평요고성의 명 · 청 거리 - 전 세계에서 중국의 진면목을 보기 위해 몰려온다.

쌍림사와 동쪽의 진국사가 있는데 천왕전과 만불전
등은 일정이 촉박하여 답사할 수가 없었다.

일행은 서둘러 다음 목적지인 장치로 출발하였
다. 평요고성에서 장치까지는 3~4시간 정도를 달려
야 한다. 길은 고속도로로 이어지자 한적하였다. 산
도 없고 들판도 보이지 않는 구릉 비슷한 특이한 지
형이었다. 현지인에게 물으니 산서성 지역은 태행
산맥을 경계로 엄청난 분지와 고원으로 형성되어
있다고 하였다. 구릉은 높지 않으나 신기할 정도로
나무도 거의 없고 빗물에 파여 농사도 거의 짓지 못
하는 쓸모없는 땅이 수백 리에 걸쳐 펼쳐진 듯했다.

청주 한씨·곽씨의 근거지,
장치 상당군(上黨郡)

　오후 6시에 장치시(上黨郡)에 도착하여 상당문과 성황묘를 답사하고자 하였으나 현지 가이드가 나오지 않아 일정을 내일로 미루고 일단 저녁식사를 하기로 하였다. 사실 장치시로 오면서 내심 걱정이 많았다. 이곳이 이번 직지탐험대의 가장 중요한 곳 중에 한 곳인데 언뜻 보기에는 작은 소도시에 불과하기 때문이며 볼만한 유적지가 거의 없기 때문이었다.

　이 지역은 1377년 전후로 중국불교의 중심지인 낙양과 긴밀한 관계를 유지한 곳으로 북송시대의 유적과 원나라시대의 유물을 많이 간직하고 있는 곳이기도 하다. 그러나 중일전쟁과 국민당과의 오

상당고성(上黨古城) 전경

랜 내전, 문화대혁명 등을 거치면서 철저히 파괴되어 지금은 고대의 문화유적을 거의 찾을 수가 없어 처음 방문한 사람에게는 낯선 곳으로 비칠 수도 있었다.

그나마 중국인 가이드가 좋은 식당으로 안내를 해주어 이번 여행에서 가장 맛있는 저녁 식사를 할 수 있었다.

산서성 장치 지역은 은나라(BC18~12세기) 때에는 안양 등 도읍지와 같은 영향권 지역에 위치하였으며 전국시대에는 한(韓)나라의 주요도시인 상당군(上黨郡)이 들어섰다. 6세기 말부터 철광석과 석

상당문(上黨門)의 현판의 힘찬 글씨. 이 지역이 상당군(上黨郡) 지역임을 나타내고 있다.

탄 등 군수 물자가 많이 나는 지역적 특성으로 낙양의 배후 도시로 중요한 역할을 했으며, 특히 북송과 원나라시대에 비약적으로 발전하였다. 전략적인 요충지인 관계로 전쟁도 많이 겪었으나 그만큼 많은 인물을 배출하기도 했다.

저녁 식사 후 인터넷을 하려고 시내를 모두 뒤져 겨우 찾았으나 한글을 쓸 수가 없어 결국 포기하고 말았다. 지난 2월 처음 이곳 장치시 답사를 했을 때 도와준 장치 대주점을 방문하여 사진을 전달하려 했으나 직원이 전부 바뀌어 재회는 무산되었다. 처음 이곳을 혼자 방문하였을 때 얼마나 낯이 설고 겁이 났던지 지금 생각하면 웃음이 나온다. 오직 직지(直指)를 찾겠다는 신념으로 혈혈단신 산서성 장치시를 찾아 상당고성을 확인하고 택시를 렌트해 주변 지역과 사찰을 부지런히 답사했었는데, 그 결과 다시금 2차 직지탐험대를 조직하여 이곳을 방문하니 감개가 새롭다. 한 걸음씩 더 나아가다 보면 머지않아 직지원본을 찾으리라는 확신을 다시금 되새긴다.

　　북쪽이라지만 7월 중순의 더운 날씨였다. 시민들이 모두 광장으로 나와 전광판 영화를 보면서 여름을 이기는 모습이 흡사 우리의 월드컵 거리응원처럼 보여 이채로웠다.

　　2006년 7월 18일, 슬슬 책과 자료집 등이 쌓이며 짐이 많아지기 시작했다. 뿌듯하다. 오늘은 드디어 산서성 장치시를 답사하는 날이다. 장치 지역은 이번 직지탐험대의 핵심 코스이다.

　　이곳은 1377년 당시 원나라와 고려 간의 중요한 역사적인 공간이며 청주 한씨와 청주 곽씨의 본향이기에 많은 관심을 갖고 있는 지역이다. 이미 지난

장치(長治)

장치는 은나라(殷 : BC 18~12세기)는 물론, 주나라(周 : BC 11세기경~256/255)의 때에도 매우 중요시 되었던 지역으로, 한(韓)나라 대에는 주요 도시인 상당(上黨)이 들어섰다.

진대(秦代 : BC 221~206)와 한대(漢代 : BC 206~AD 220)에는 상당군(上黨郡)이 되었다. 6세기 말 중앙정부와 허베이 절도사와의 충돌로 이곳은 전략적 요충지가 되면서 노주(潞州)로 불리게 되었는데, 이 이름은 당대(唐代 : 618~907)에도 계속 쓰였다.

북송시대와 원나라 시절에 전략적 요충지로 매우 중요시 여겼으며 청주 한씨와 청주 곽씨의 조상이 이곳에서 이주하였다고 한다. 특히 시내의 상당고성, 성황묘, 장치박물관이 볼 만하다.

상당고성 앞에 있는 상당문(上黨門)의 유래와 소개 안내문

상당문(上黨門) 정문에서의 직지탐험대, 이곳은 청주(상당)한씨와 청주 곽씨의 중국 근거지로 알려져 있다.

2월에 장치의 사찰을 답사하면서 고생한 경험이 있기에 이번엔 직지탐험대의 목적에 맞게 중요 지점만 답사하기로 하였다. 시간이 허락하면 관운장의 고향이지 백운화상과도 관련이 있는 낙양 서쪽의 운성 지역을 답사하려 하였지만 거리가 너무 멀고 시간이 여의치 않아 다음 기회로 미루기로 했다.

직지탐험대 일행은 다시금 상당문(上黨門)지역을 답사하였다. 지난 2월 초의 황량함은 7월의 녹음에 힘입어 전혀 다른 화려한 모습을 보여주고 있었다.

상당군의 역사를 한눈에
장치박물관

탐험대 일행은 이곳의 역사를 한눈에 알 수 있는 장치박물관으로 향했다. 지난번에는 두 번이나 방문하였지만 개인 자격이라는 이유는 관람을 거부당했는데, 이번엔 쉽게 정문이 열리더니 친절한 안내와 설명을 해주는 등 극진한 대접을 받았다. 알다가도 모를 일이다. 이것이 단체와 조직의 힘인가.

내부는 중급 정도의 시설이지만 박물관 소장품의
질은 상당히 높았다. 은나라 도읍지인 안양과 가까
웠고 한(韓)나라의 중심 지역이었음에 걸맞게 기원
전 청동기, 철기 유물에서부터 북송 시대와 원나라
시대의 불교 유물이 상당히 다양하게 전시가 되어
있었는데, 거의 국보급 진품으로 보였다. 특히 북송
시대와 원나라시대의 불상은 우리나라 고려 불상인
철불상과 유사성이 많았다. 이번 답사 중에 큰 수확
하나가 장치박물관 답사가 아닌가 생각될 정도로
유익한 시간이었다.

장치박물관 입구

장치박물관 내부. 청동기, 철기시대 유물은 물론 북송시대와 원나라시대의 국보급 유물이 전시되어 있다

안양 지역과 더불어 청동기 시대를 증명하는 솥(鼎)

　하지만 이어진 답사지인 노정산 백초당은 삼황오
제의 한분인 염제 신농씨를 기리는 곳인데 그다지
볼 만한 것이 없었다.

　다만 장치시는 예로부터 상당삼(上黨蔘)으로 유
명하여 인삼과 약초의 집산지였는데 그 기원을 염
제 신농씨에 두고 있다고 했다. 또 근래에는 바이오
산업을 육성하려한다고 했다.

성황당의 기원
성황묘(城隍廟)

심현
무향
러성
심원
양원
둔류
장치
(長治)
로성시
상당문
노정산
안양
평순
안택
장자
호관

아쉬운 발길을 돌려 장치시에서 가장 오래된 유적인 로안부(장치시 옛 지명) 성황묘를 답사하였다. 지난번 장치시를 방문했을 땐 진짜로 실망했었다. 3천 년 이상 된 고도이지만 옛 유적이 거의 파괴되어 그저 평범한 도시에 불과했던 것이다. 그때 고민 끝에 지도를 보고 물어물어 찾아간 곳이 바로 이곳 성황묘(城隍廟)였다.

중국은 많은 전쟁으로 특히 문화대혁명 시기에 불교와 유교, 도교 유적지가 80% 이상 파괴된 탓에 대개의 고도들이 무색무취의 도시로 바뀌어 역사의 흔적이 남아있지 않았다. 장치시도 다를 바 없었으

성황묘. 아름다운 건축물이 1천 년 세월의 무게를 설명해 주고 있다.

나 근래 들어 시 정부가 상당고성과 성황묘의 중요
성을 인식하고 다시금 복원하려고 하니 천만다행이
다. 실제로 지난 2월과 달리 성황묘 앞도 낡은 건물
은 모두 헐어버리고 대대적인 공사가 진행 중이었
다. 이곳 성황묘는 우리나라 성황당의 기원으로 생
각되는데 2~3천 년 이상 이어져 오는 고건축물이
새삼 역사의 깊이를 느끼게 해준다.

 현지 가이드는 성황묘가 지방관이 주민들의 민원
을 처리해주는 곳이었다고 설명하였으나 불교 이전
에 도교 사원이나 토속신을 모시는 기능을 하고 있
었던 것으로 생각된다. 주민들이 향을 피우고 주문

을 외며 복을 빌고 있는 모습이 토속 무당 같았으나 목소리는 유창하고 세련되어 보였다.

성황묘에는 상당군의 역대 명인록(名人錄)이 보관되어 있어 지역 인물을 연구하는데 중요한 공간이다. 또 장치 지역의 고묘(古墓) 비문을 비림(碑林)처럼 조성하여 전시, 보관하고 있는데 이를 체계적으로 연구해보면 이 지역의 특성과 직지와의 관계도 밝혀지리라 생각된다. 하지만 비문이 너무 많고 시간이 촉박하여 사진에 담는 것에 만족하고 산서성 장치 지역의 답사를 끝낼 수밖에 없었다.

이번 산서성 답사에서도 역사 유적의 고도 임분 지역과 황하의 시원지인 호구폭포, 백운화상과 관련이 있는 운성시 수양산 일대의 답사는 다음 기회로 미룰 수밖에 없었다. 기회가 되면 북쪽 지역의 항산과 오대산 지역도 답사를 해야 하지 않을까 생각한다.

성황묘의 본전

상당역대명인전 - 이 지역은 대대로 상당군(上黨郡)이라는 지명으로 불리었는데, 한국의 청주 지역도 백제시대 이후 오랫동안 상당군(上黨郡)으로 불리었고 지금도 상당공원(上黨公園) 등 옛 지명의 흔적이 남아 있다.

이제 서서히 윤곽이 잡혀간다. 다음 목적지인 낙양(洛陽)까지는 족히 3~4시간을 달려야 한다고 한다. 지난번에는 항공편을 이용했기에 이곳에 지형적인 특성을 알지 못하였으나 새삼 낙양과 장치의 정치 군사적, 지리적 관계가 눈에 들어왔다. 장치시는 표고가 1,100m 이상의 높은 지역에 조성된 도시다. 이러한 지형적 특성은 남쪽의 낙양 등 중원 지역에서는 북방 세력을 막는 거점으로, 북방 세력에게는 중원을 공략하는 전략적 요충지가 되기에 부족함이 없었다.

PART 3

하남성 _ 중원의 역사와 문화가 서린 곳

중국 화북지구(華北地區) 남부에 위치하며 중국 정부가 맨 처음으로 지정한 역사문화의 도시이자 7대 고도(七大古都) 중의 한 곳으로 풍부한 인문경관을 보유하고 있다.

河南省

하북성
산동성
장치
안양
산서성
동명
운성
초작
신향
연진
화산
삼문협
낙양 ▲ 정주 개봉
(洛陽) 숭산 (郑州) (开封)
영보
여주시
섬서성
허창
협현
안휘성
내향
남양
주마점
십언
단강구
신양
호북성

중원문명의 발상지
낙양 (洛陽)

신안 맹진

낙양시 ○백마사
(洛陽市) 관림 언사시
○의양   용문석굴
화과산   이천

　낙양으로 가는 길은 고속도로로 잘 닦아져 있었
다. 그런데 진성에 들어서서 고속도로를 버리고 꼬
불꼬불한 국도로 빠져나왔다. 왠일인가 하고 의아
해 하는 사이에 낙양 입구에 들어서니 천 길 낭떠러
지의 천혜의 요새가 눈앞을 막았다, 이 산이 왕옥산
(王玉山)이었다. 운전기사는 신이 나서 내리막길을
마구 추월하는데 직지 찾기는 고사하고 제명에죽지
도 못할 것 같아 소리를 지르며 안전운전을 사정했
다. 낡은 차가 불안한 가운데도 깎아지는 듯한 절경
이 계속되니 눈만은 즐거웠다. 중국의 3대 고도인
낙양이 이러한 천연적인 요새를 바탕으로 형성되었

낙양은 왕옥산 등 천혜의 요새가 가로막아 이 지역의 흥망을 좌우했다.

다는 것이 새삼 놀라웠다.

진성, 택주, 제원, 맹진 지역을 거쳐 낙양 외곽으로 들어서니 수양버들이 우아하게 늘어져 있는 가운데 끝없이 펼쳐진 풍요로운 평야 지대가 나타났다.

낙양 시내는 천년고도의 향취를 물씬 풍기고 있었다. 살아서는 항주, 소주요, 죽어서는 북망산의 고향 낙양이라 했던가. 모란꽃의 고장으로 삼국지의 중심 무대가 되기도 했던 낙양은 1377년 당시 중국 불교의 중심지이기도 했다

'화하(중화)에 도읍을 정하고 수도는 동서 두 곳에 두었다(都邑華夏 東西二京).' 는 천자문의 내용

낙양 입구 - 가파른 산길을 내려오면서 등골이 오싹했으나 평야 지대로 내려
오니 풍요로움을 한눈에 느낄 수 있었다.

처럼 낙양은 동서이경(東西二京)의 중심지인 동경
으로 서안(서경)과 더불어 중원을 형성한 고도이다.
중국의 왕조는 대대로 이 두 곳을 중심으로 왔다 갔
다 하면서 왕조를 건국했고 또 사라져갔다. 낙양은

낙양 시내

정주, 개봉과 더불어 중원문명의 발상지이다. 요 ·
순임금 이후 하나라 우왕이 치수에 성공하여 사람
들의 정착이 가능하게 되면서 넓은 평야지대를 바
탕으로 중원문화가 꽃피운 것이다.

하남성은 현재 중국에서 가장 인구밀도가 높은
지역 중에 하나로 인구가 9800만 명인데 낙양이 250
만 명, 정주시가 600만 명, 개봉시가 460만 명이라
한다. 상상을 초월하는 천문학적인 인구가 황하를
중심으로 먹고 살고 있는 것이다. 그러나 1940년대
만 해도 낙양은 인구 8-9만 명에 불과한 쇠락한 도시
였다고 한다. 지금도 북경과 상해 중심의 신도시 전
략 때문에 경공업 중심의 낙후된 경제구조를 가지
고 있으나 나름대로 차분히 성장하고 있는 듯했다.

어떻게 9개 왕조의 도읍지이며 2천 년 이상 중원

낙양은 중원의 중심지이나 전쟁과 문화대혁명으로 옛 유적지는 거의 파괴되었다. 이곳 왕성공원은 옛날에 왕궁이 자리했던 곳이다.

문화를 이끌었던 중심지가 이렇게 낙후되었을까? 미스터리가 아닐 수 없다. 19세기 말 아편전쟁과 20세기 초 서구 열강의 침략 과정에서 의도적으로 도시 발전에서 제외되었다 해도 너무 심하다 싶을 정도이다. 더구나 문화대혁명 이후 더욱 대대적으로 중원문화가 파괴되어 지금은 지난 2천 년 고도의 흔적을 찾기조차 어렵다. 구 도읍지인 왕성공원 부근의 유적도 거의 파괴되어 그 형체를 알 길이 없었는데, 왕성공원 옆에 위치한 낙양박물관이 예전의 찬란했던 문화를 기록으로나마 보여주고 있었다. 다행이라면 안타까운 가운데도 1980년 이후 복원된 용문석굴, 향산사, 백거이 묘소 등과 낙양박물관, 모란공원, 관림, 백마사 등의 흔적이 역사의 숨결을 전해준다는 것이다. 사실 이 시대의 낙양문화는 모란꽃축제와 용문석굴이 대표한다 해도 틀린 말이 아니다.

　좌우지간 직지탐험대가 낙양을 중요시 여기는 것

낙양[洛陽, Luo-yang]

옛 이름은 허난부(河南府).

중국 허난성(河南省) 북서부에 있는 시로 모란꽃과 용문석굴이 상징이다. 통칭 허난(河南)으로 불린다. 9개 나라의 수도이자 불교 중심지로 중국 역사에서 매우 중요한 위치를 차지하는 도시였다. 낙양은 동시(東市)와 서시(西市)로 나뉘어 있다.

주나라(BC 12세기 말) 초기에 낙읍(洛邑 : 낙양의 옛 이름)은 오늘날의 서시 근처에 왕들의 주거지로 건설되었다. 이 도시는 BC 771년에 주나라의 수도가 되었고, 그 후 오늘날의 동시의 북동쪽으로 이전했다. 이 도시가 낙양이라는 이름을 갖게 된 것은 낙수강(洛水江) 북쪽(중국어로 '陽'은 북쪽을 뜻함)에 있었기 때문인데, 이곳에 남아 있는 유적은 오늘날 낙양 고성유적지(古城遺跡地)로 유명하다. 한대(漢代 : BC 206~AD 220)의 시가지는 대체로 옛 낙읍의 자리에 있었지만 낙양이라고 불렸으며, 이 이름은 근대까지 허난부라는 이름과 함께 쓰였다. 낙양은 후한(後漢) 초기인 1세기에 이르러서야 국도(國都)가 되었지만, 이 도시의 경제적 중요성은 그 전부터 인정받고 있었다. AD 68년에 중국에서 가장 오래된 불교 사원 가운데 하나인 백마사(白馬寺)가 오늘날의 동시에서 동쪽으로 약 14㎞ 떨어진 곳에 건설되었다.

4세기에 낙양은 동진(東晉)·후조(後趙)·연(燕)의 통치자들이 번갈아 차지했고, 494년에 북위(北魏 : 386~534)의 효문제(孝文帝)가 낙양을 재건할 때까지는 번영을 누리지 못했다. 그 후 뤄양 남쪽에 있는 룽먼(龍門)에는 북위 황제들의 명령에 의해 석굴사원이 건설되었다. 이 석굴사원은 중국 불교의 가장 큰 중심지가 되었으며, 오늘날 남아 있는 석굴사원의 조각품들은 중국 예술사에서 매우 중요하다.

낙양은 당(唐 : 618~907)의 동쪽 수도(東京)로서 규모가 커졌고, 오늘날의 동시를 이루고 있는 부분이 새로 건설되었다. 그 뒤 서구 열강의 침략과 아편전쟁, 문화대혁명 등 정치적인 이유 등으로 개발 전략에서 소외되어 경제적으로 쇠퇴하기 시작했고, 이 경제적 침체는 20세기 중엽까지 지속되었다. 1949년부터 트랙터 공장을 비롯한 여러 공장들이 세워지면서 곧 중요한 공업 및 상업 중심지가 되었다. 이 도시에서는 면화·밀을 비롯하여 주변 지역에서 재배하는 농작물을 가공한다. 낙양은 여러 간선도로의 중추이며, 소주(蘇州)와 시안(西安)을 잇는 룽하이철도 연변에 자리잡고 있다. 인구 250만 명.

왕성공원의 아침 풍경

은 중국 최초로 불교가 전래 되었다는 백마사(白馬寺)가 낙양에 있기도 했지만, 그보다는 1377년 당시 중국 불교의 중심지였던 이곳 낙양을 태고보우 선사와 나옹화상, 백운화상이 방문하였다는 기록 때문이었다. 그들의 체취와 직지와의 연관성을 확인하러 온 것이다.

낙양호텔 앞에는 대단위 공원이 조성되어 있다. 항상 느끼는 것이지만 중국의 광장문화와 공원문화는 중국 인민들의 숨통을 트여 주는 역할을 한다. 아침 6시에 일어나 낙양에서의 아침을 정중히 맞이하였다. 일정에 없는 왕성공원(王城公園)을 택시를 타고 가보았다. 옛 낙양(구도)의 중심에 위치한 왕성은 수나라시대에 건축되었는데 12세기 금(金)나라 군의 공격으로 성이 불타 버렸다고 한다.

낙양에 관한 기록은 북위시대(386~534년) 인물인 양현지가 저술한 '낙양가람기'에 자세하게 전해져 내려오고 있다. 이 기록에 의하면 낙양 안팎에는 천여 개의 커다란 사찰이 있었다고 한다.

살아있는 대형예술박물관
용문석굴(龍門石窟)

용문석굴에서 가장 유명한 봉선사석굴 전경

신안　맹진

백마사

낙양서

관림　언사시

의양　용문석굴
(龍門石窟)

황과산　이천

　낙양 지역의 첫 번째 목적지인 용문석굴로 향했
다. 너무나 유명한 곳이라 큰 기대를 갖지 않았고 그
냥 거대한 석굴이겠지 하는 마음이었다. 그러나 용
문석굴의 입구에 도착하면서부터 이러한 생각은 멀
리 달아났다. 더구나 입장료를 120위안(15,000원)이
나 내는 순간 나의 마음은 결정적으로 바뀌었다. 규
모도 엄청났지만 평일인데도 사람들로 인산인해를
이루고 있었다. 무엇인가 중요한 곳에 왔구나 하는
생각이 번쩍 들었다. 석굴 앞을 흐르는 유명한 이수
(伊水)강의 도도한 물결도 범상치가 않았다.

　용문석굴(龍門石窟)은 낙양 시내에서 남쪽으로
13km 위치에 있는데, 이수강을 중심으로 용문산과
향산으로 나뉘어 조성되어 있다. 용문산 쪽에 조성
된 용문석굴은 깨끗하게 잘 정리가 되어 있었다. 초

용문석굴 입구

등학생을 비롯한 중국인 관광객이 벌 떼처럼 몰려
들고 있어 차분하게 감상하기는 어려웠지만 너무나
도 부러운 문화유산이었다. 이 용문석굴은 북방의
강자인 북위(北魏)가 494년 산서성 대동(大同)지역
에서 도읍을 옮기면서 운강석굴의 속편으로 조성하
기 시작하였다고 한다.

고양동(古陽洞)석굴은 가장 오래된 석굴인데, 여
기에는 신라인이 조성했다는 석굴도 남아 있어 관
심이 있는 이들의 상상력을 자극하기도 한다. 용문
석굴은 우리나라 최초의 목판활자인 '무구정광대
다라니경'과 관계가 있는 당 측천무후 때에 가장
전성기를 구가하였다고 한다. 용문석굴에서 가장
유명한 봉선사(奉先寺) 대불이 바로 측천무후를 모
델로 조성하였다고 전해지기도 한다.

북위시대에 조성한 빈양동석굴, 말기에 지은 연
화동석굴과 조각이 많기로 유명한 만불동(萬佛洞)

등이 있다. 또 석굴뿐만 아니라 글씨의 보고(寶庫)이기도 하여 용문 20품이 전해오고 있다.

사람이 하도 많아 자세히는 살피지 못하였으나 한가한 시간에 찾는다면 너무나도 낭만적인 명상 코스와 산책 코스가 될 듯싶었다.

우리는 향산사(香山寺)로 발길을 돌렸다. 당나라의 시인 백거이가 너무나도 좋아해 살아서는 이곳에서 수행을 하고 죽어서도 묻혔다는 향산사였다. 생각보다 거리가 멀고 시간이 걸릴 듯하여 망설였으나 직지를 찾으면서 사찰을 방문하지 않을 수 없어 부지런히 시간을 내었다. 멀리서 보는 향산사의 모습은 최근에 복원한 모습인데 100m가 다 되는 다리를 건너보니 이승과 저승의 경계요, 지옥과 극락의 경계를 넘나드는 것처럼 새로운 신세계가 펼쳐졌다. 한마디로 탁월한 선택이었다.

봉선사 대불. 측천무후를 모델로 하여 조성했다고 전해진다.

용문석굴에서 바라본 향산사 - 용문석굴을 배경으로 이수(伊水)가 흐르는
맞은편의 향산(香山)에 위치한 향산사. 당나라의 시인 백거이가 특히 이곳을
좋아하여 이곳 옆에 묻혀 있다.

향산사 대웅전

그렇게 붐비고 복잡하던 용문석굴이 한눈에 들어오고 도도히 흐르는 이하의 풍경도 장관이었다. 많은 사람들이 용문석굴에서 용의 꼬리만 만지고 돌아가는 것이 아쉬울 뿐이었다.

향산사는 당나라의 백거이 시인과 관계가 깊어 많은 이야기가 내려오지만 그것보다도 용문산과 향산, 이수를 배경으로 가진 북송시대나 원나라시대의 유명한 사찰이었다는 것이 주목할 내용이다. 비록 원형이 훼손되고 관광사찰로 복원되었지만 태고보우선사나 백운화상이 석옥 청공을 만나면서 이곳을 들리지는 않았을까 하는 상상을 해본다.

이러한 천하절경에 위치한 사찰이니 이곳에 있었을 수행자라면 마음 또한 부처님처럼 자비심으로 넘쳐나지 않았을까. 하지만 낙양의 불교를 대표했을 향산사는 그 이름만큼 문화대혁명 시기에는 민중의 적이 되어 황폐화 되었을 것이다. 그러나 주변에 간경사(看經寺)라는 사찰이 있는 것으로 보아 많은 불교 서적과 경전이 남아있을 가능성을 보였다.

부지런히 걸으니 등줄기에 땀이 흐른다. 그러나 상쾌한 강바람에 어제의 피곤함도 사라지고 몸과 마음이 가볍다. 각박한 사람들을 감동시키고 백성을 다스리기에는 불경의 심오한 내용보다는 아름다운 자연환경을 활용하는 것이 진정한 자비의 모습은 아닐까 하는 생각이 들었다.

용문석굴
(龍門石窟 : 롱먼스쿠, Longmen Caves)

둔황의 막고굴(莫高窟), 대동의 운강석굴(雲崗石窟)과 함께 중국 3대 석굴로 꼽힌다. 하남성과 낙양을 대표한다고 해도 과언이 아닐 정도로 그 명성이 대단하며, 명성에 걸맞는 규모와 문화적 가치를 지니고 있다.

이곳은 하남성 낙양시 남쪽 13㎞ 지점에 위치해 있으며, 백거이 묘가 있는 향산과 용문산이 서로 마주보고 서 있다. 이곳의 시작은 북위 효문제 때에 대동에서 이곳 낙양으로 천도했을 때부터 운강석굴을 계승하는 형식으로 처음 조성되었는데 그 작업은 동·서위, 북제, 북주, 수, 당에 이르는 400년 간 계속되었다. 현재는 2,345여 개의 석굴과 2,800여 개의 비문, 50여 개의 불탑, 10만 개 정도의 조각상과 신라인 석굴도 남아있다. 용문석굴은 현존하는 종교, 미술, 서예, 음악, 의료, 건축 등 중국 문화사의 살아있는 사료관이다. 따라서 '대형 돌조각 예술 박물관' 이라고도 칭해진다.

용문석굴은 주로 북위시대와 당대 측천무후(武則天)시대에 많이 만들어졌는데 그 중 규모가 가장 크고, 유명한 굴은 당(唐) 측천무후시대에 만들어진 봉선사석굴이다. 이곳의 불상조각은 온화하면서 우아한 미를 자랑한다.

이외에 용문석굴의 대표적인 동굴로는 고양동(古陽洞), 빈양동(賓陽洞), 연화동(蓮花洞), 약방동(葯方洞), 간경사(看經寺), 만불동(萬佛洞), 잠계사(潛溪寺), 대만오불동(大萬伍佛洞) 등이 있다.

중국 최초의 사원
백마사 (白馬寺)

다음 목적지는 백마사였다. 애초 계획은 오후에 숭산(崇山)의 소림사 (少林寺)를 답사할 예정이었는데 정주 공항에서의 비행기 시간을 맞추기가 만만치 않아 생략을 하였다.

백마사 입구

중국 최초의 사찰, 백마사 앞에서 직지탐험대 일행

　낙양지역은 삼국지와 수호지, 금병매 등 중국의 4
대 기서 가운데 세 권의 주무대가 되었던 곳인데 이
들 모두가 낙양과 개봉의 주변지역을 배경으로 이
야기가 진행된다. 이와 관련된 대표적인 유적이 바
로 삼국지의 주인공 중에 하나인 관운장의 머리가
묻혀있다는 관림(關林)이다.

　백마사로 가기 전 잠시 관림(關林)에 들렀다. 관
운장의 몸은 그의 고향인 산서성 운성(해주) 지역의
관제묘에 묻혔지만 그의 목은 지금도 이곳 낙양에
묻혀 있는 것이다. 송나라 시대에는 황제로까지 봉
해져 극진한 대접을 받았던 관운장은 오늘날에도
13억 중국인의 열망인 재물의 신으로 받들어져 매
일 아침 많은 이들의 문안을 받고 있다. 참다운 의
리가 무엇인지, 사람이 잘 죽는 것이 무엇인지를 다
시 한번 생각하게 만든다.

백마사 앞 백마상

중국 최초의 사찰이라는 백마사는 용문석굴을 지나 반대쪽에 위치해 있었다. 사실 그다지 기대하지는 않았다. 강서성의 우민사나 구화산의 지장보살 성지 등 사찰을 많이 보았기 때문에 그냥 상징적인 공간으로 생각을 했다. 하지만 이 또한 나의 선입견이었다.

백마사는 낙양 시내에서 동북쪽으로 12km 정도 떨어져 있었다. AD 67년 인도의 승려 가섭마등, 축법란 등이 흰 말에 불상과 경전을 싣고 낙양에 들어왔다는 전설적인(?) 이야기를 바탕으로 지어진 사찰이라고 한다. 그러나 그것보다 중요한 것은 절 입구에 세워진 북송시대의 두 마리 백마상과, 대불전의 1.25톤(t)이나 되는 대철종(大鐵鍾)이었다. 대웅전에는 원(元)나라 때 조각된 십팔나한상이 안치되어 있었고, 절 동쪽에는 1175년 금(金)나라가 세웠다는 13층(24m) 석탑인 제운탑이 있었다.

백마사 대웅전

백마사 불상

백마사(白馬寺)

낙양시 동북쪽 12km 지점의 한위(漢魏)의 낙양성 내에 있다. '중국 제일의 사찰'이라고 불리는 백마사가 창건된 것은 후한시대(AD 67년)인데, 중국으로 불교가 전래된 후 최초의 사원이다.

절의 이름인 백마는 인도에 파견한 일행이 백마(白馬)에 경전을 싣고 돌아온 것에서 유래되었는데, 그것을 뜻하는 듯 절 입구 양쪽에는 송(宋)나라 때 만들어진 두 마리의 백마상(白馬像)이 서 있다. 입구를 들어서면 정면에는 천왕전(天王殿)이 서 있고, 그 뒤로 대불전, 대웅전 등의 건축물이 늘어서 있다. 대불전에는 무게 1.25t의 대철종(大鐵鍾)이 있고, 대웅전에는 원(元)대에 조각된 십팔나한상이 안치되어 있다. 또 절의 동쪽에는 13층 정도 되는 약 24m의 제운탑(濟雲塔)이 있는데, 이 탑은 금(金)나라 1175년에 세워진 석탑으로 탑의 앞에서 손뼉을 치면 개구리 울음소리를 닮은 메아리가 되돌아온다고 한다. 경내에 모란꽃이 활짝 피는 봄이 좋다고 한다.

백마사의 입구에 있는 연못 전경

백마사 대웅전 입구에서 울력을 하는 스님들

현재의 규모는 본래보다 1/10로 축소되었다고 하는 백마사는 평지 사찰로
대단히 편안한 곳이다.

　백마사는 '직지심체요절'과 관계가 있을 가능성
이 있다. 고려와 북송과 원나라는 거의 같은 시대에
존속한 나라들이라 조심스럽게 답사를 하였다. 특
히나 이번 백마사에서는 일행 가운데 한 분이 한 아
름의 향과 자기 키만한 대향(大香)을 준비하였다.
덕분에 우리 일행 모두가 향공양(香供養)을 하였다.
직지탐험대의 성공과 중국에서의 성공적인 직지 찾
기를 위하여….

　백마사 경내에 들어가니 기분이 좋아졌다. 넓고
탁 트인 공간과 넓은 연못과 연꽃이 장관이었다. 정

원식 평지 사찰이 주는 편안함을 느낄 수 있었다. 불교 신앙이라는 깃도 이렇게 자연스러운 것이며 즐거운 것이라 생각이 든다. 이 세상에서 제일 즐거운 것 중 하나가 절 구경이라 하지 않던가. 스스로 마음을 열고 자기를 낮추는 것이야말로 진정 아름다운 일이란 생각이 든다.

백마사의 원래 규모는 지금의 10배 이상이었는데 세월과 더불어 점차 사세가 줄어들다가 문화대혁명 시절에 거의 파괴되어 지금은 1/10 정도로 축소가 되었다고 한다. 유물도 거의 훼손되어 지금은 조잡한 불상이 많이 보였으나, 1900년에 이르는 역사와 세월의 흔적에서 백마사의 힘을 느낄 수 있었다.

미스터리
영녕사 터(永寧寺址)

　이제 낙양에서의 답사 일정은 거의 마치고 정주
시로 이동을 하였다. 비행기 시간이 정해져 있어 부
지런히 이동하였다. 가는 길에 '낙양가람기'에 기
록되어 있는 영녕사(永寧寺) 터를 찾아 나섰다. 주
요 관광지는 아니지만 영녕사 9층 목탑은 대단히
유명한 목탑이었으며 신라시대 황룡사 9층 목탑의
모델이 되었다고 한다.

　일단 물어물어 현장을 가보니 아는 사람이 없고
표시가 되어있지 않아 찾을 자신이 없었다. 중국에
서는 조금만 길을 잃어도 하루 종일 시간을 낭비해
야 한다. 불안한 마음으로 30분 정도를 더 가자 고

영녕사 터 - 불에 탄 나무기둥이 있으나 사실 여부를 확인할 수는 없었다.

맙게도 표지판이 조그맣게 보였다. 하지만 고가도
로 아래에 있는 영녕사 터 복원 현장은 사방을 담으
로 둘러싸고 있어서 접근조차 할 수가 없었다.

무작정 가장 가까운 곳까지 접근하여 대문을 두
들겼다. 한참만에야 사람이 나왔으나 막무가내로
출입을 막았다. 한동안의 실랑이 끝에 동행했던 김
선생이 거금 100위안을 내밀고서야 영녕사 터 현장
답사와 사진 촬영이 허락되었다. 현장의 안내판을
보면 '낙양가람기'에 북위시대에 세웠다고 되어있
으나 북송시대, 원나라시대에도 존재했을 가능성이
있어보였다. 절의 규모는 대폭 축소된 상태였는데

영녕사터 현판

대리석 기단부만 보존되어 있었다. 문헌에서만 보던 영녕사 터를 보니 감개무량하였으나, 안내인이 지켜 서있는 터라 서둘러 자료용 사진을 찍는 것으로 아쉬움을 달래야 했다.

살아서 항주, 소주 죽어서 북망산(北邙山)이란 말이 있어 가는 길에 가이드에게 북망산(北邙山)을 물어 보았다. 다행히도 정주(鄭州)로 가는 길에 북망산이 있다하여 꼭 보기로 약속을 하였다. 죽기 전에 언제 북망산을 보겠는가. 우리 조상들은 죽으면 칠성판 위에서 그렇게 가고자 했던 곳이 바로 북망산이 아니던가. 북망산은 낙양 외곽 지역으로 원래는 왕과 귀족들의 집단 묘지였다고 한다. 권력자들만 묻힐 수 있었던 묘지, 그렇기에 백성들은 죽은 뒤에

영녕사 터

라도 신분상승을 이루어 그곳에 묻히고자 하는 바
람을 가졌던 것이리라.

　현재는 모든 유적이 파괴되어 그 일부만이 낙양
고묘박물관에 박제처럼 보존되어 있지만 아직도 3
천 년 역사의 비밀이 이곳 어딘가에 남겨져 있으리
라는 생각이 들었다.

중원문화의 진수가 담긴
하남성박물관

하남성박물관 내부의 조각상 - 인간이 코끼리를 물리치고 인간의 사회를 이루었다는 전설을 형상화 한 것이다.

이제 하남성박물관 답사를 마지막으로 2차 직지탐험대는 일정은 끝이 난다. 북경 현대의 스타렉스를 씽씽 달려서 정주시에 도착했다. 점심은 정주의 중국식 한국음식점에서 중국식 삼겹살로 2차 직지탐험대의 마지막 일정을 자축하였다.

저녁 5시 비행기 탑승 전까지는 2시간 정도가 남았다. 우리는 하남성박물관으로 방향을 잡았다. 입구는 프랑스 박물관처럼 현대식이라 첫인상은 별로였다. 그러나 하남성의 중심도시답게 낙양, 정주, 안양, 개봉 지역의 역사적인 유물을 이곳에 다 모아 놓고 있었다. 낙양이 용문석굴을 중심으로 관광 시스템을 만들어 놓았다면, 정주는 소림사와 하남성박물관을 중심으로 관광 시스템을 구축해 놓고 있었다. 중국의 4대 박

하 · 은 · 주시대를 대표하는 국보급 청동기 유물이 수천 점 전시가 되어 있다.

물관(북경박물관,남경박물관,서안박물관,상해박물
관)보다도 이곳 정주의 하남성(河南省)박물관이 중
원문화(中原文化)의 진수를 보여주는 곳이 아닌가
하는 생각이 들 정도였다.

하남성박물관에는 중국의 3대 고도인 낙양, 개봉,
안양의 유물이 정연하게 전시가 되어 있었다. 박물
관을 둘러보면서 상나라 도읍지인 안양지역 답사가
더욱더 필요함을 느꼈다. 이 하남성박물관은 갑골
문 유물과, 청동기 진품 유물, 당삼채, 옥으로 만든
유물, 인쇄물에 관한 유물 등 국보급 유물이 즐비하
게 전시되어 있었다.

박물관 입구에는 하남성박물관에 관한 좋은 자료
집이 있어 거금을 들여 구입을 하였다. 현지 가이드
에게 물으니 이곳보다 개봉시 개봉박물관에 인쇄
출판에 관한 유물이 많다고 하였으나 아쉽지만 다
음 기회로 미루기로 하였다.

삼존석불상 - 우리나라 삼존불과 흡사하다.

이제 정주공항에서 가볍게 비행기를 타고 800km를 날아 상해로 넘어왔다. 그동안 둘러보았던 절강성 호주지역과 산서성의 태원, 장치지역, 하남성의 낙양, 정주지역 등 직지탐험대의 답사 코스를 살펴보니 더욱더 직지를 찾을 수 있다는 자신감이 든다. 자료가 방대하고 지역이 넓어 시간이야 걸리겠지만 이제 직지를 찾는 것은 시간문제일 뿐이다.

인문, 지리학적인 접근으로 위 세 지역과 직지와의 관련성을 확인하고, 그 결과를 토대로 관련 사찰과 유적지, 공공 도서관, 지역 고서점가 등 1차 사료에 대한 접근을 통하여 관련 정보를 데이터베이스화하는 작업이 완성된다면, 이를 통하여 머지않은 시간에 반드시 세계기록유산인 '직지심체요절'의 원본을 찾으리라 확신을 하며 직지탐험대의 일정을 마무리한다.

직지를 찾습니다.

중국을 아는 놀라운 TIP!

개구리정봄

유리손재

개구리 지역정보

1. 절강성(浙江省)

▼▼ 가흥(嘉興)

절강성 동북부의 도시. 쌀농사가 성하고 상업이 발달하였다. 남방의 협석진(峽石鎭: 海寧)은 쌀시장으로 유명하며 김구 등 임시정부 유적지가 있다.

▼▼ 갈홍정(葛洪井)

서호(西湖) 근처의 우물. 옛날에 이 갈홍정 속 돌독에서 마름열매와 같은 단(丹)이 몇 개 나온 일이 있는데, 먹어 보아도 아무런 맛이 없어 버려두었던 바, 시어옹(施漁翁)이라는 사람이 그 중 하나를 주워 먹고 105세까지 살았다는 말이 있다. 차를 끓이는 물로는 최상으로 친다.

▼▼ 건덕(建德)

절강성 서부, 전당강 상류 연안의 도시. 옛 이름은 엄주(嚴州). 안휘성 남부 및 본성 서부에서 나는 오동나무, 기름, 치, 목재의 집산지이다.

▼▼ 교단(敎壇)

절강성 갱주(坑州)의 남쪽 십리지점 오구산(烏龜山)의 서록(西麓)에 있는 천제에게 제사 지내는 단. 이 아래에 남송 중기의 정부에서 직영하는 청자요(靑滋窯)가 있다. 교단하신관요(敎壇下新官窯)라고 한다.

❖ 귀주(귀州)

절강성 남서부 전당강의 상류지방에 있는 도시. 시가는 전당강의 상류 귀항(귀港)에 연하고 수륙교통의 중심지로 상업이 성하다.

❖ 금화(金華)

절강성 중부의 도시. 동양(東陽), 영강(永康) 두 강의 합류 지점에 있다. 수륙교통의 요지로 북쪽의 북산(北山)은 명승지로 유명하다.

❖ 난계(蘭谿)

절강성 전당강의 중류에 있는 도시. 당나라 이후는 난계현성이었으며, 성의 내외에 시가가 있고 남문 밖, 북문 밖, 동문 밖은 번성한 상업구역이다.

집산품은 쌀이 제일 많다. 교통은 수운이 발달하여 복건, 영파(寧波)와 상거래를 한다.

❖ 난정(蘭亭)

절강성 소흥현 서남에 위치한 난저(蘭渚)에 있는 정자. 진나라 때 왕희지가 41인의 문사를 모아놓고 그 낙성식에 '시를 짓지 못하면 벌주 한 잔' 이란 풍류를 남겼다.

❖ 막간산(莫干山)

절강성 항주의 북서쪽에 있는 산. 간장(干將)과 막사(莫邪)가 검을 만든 곳이라 한다.

간장은 춘추시대 오의 칼 만드는 장인이고 막사(혹은 막야)는 그의 처였다. 이 부부가 오왕 합려(闔閭)를 위하여 칼을 만들었는데 간장이 칼을 만들면 그의 처는 철을 부드럽게 하기 위하여 머리털과 손톱을 깎아 화로 속에 쇠와 함께 넣어 달구어서 명도를 만들었다고 하는데 이렇게 만든 두 칼을 음양법에 따라 양으로 된 칼은 간장, 음으로 된 칼은 막사라 하였다 한다.

❖ 백제(白堤)

서호의 북쪽에 고산(孤山)이란 섬에서 동쪽으로 약 2km쯤 호수를 가로지르는 산책길을 백제라 한다. 당대 시인 백거이가 이 지방 지사로 있을 때 쌓은 것이라고 전한다.

❖ 보타산(普陀山)

절강성 주산열도(舟山列島)에 있는 불교의 영지. 범명은 보타락가(補陀洛伽). 중국명은 소백화(小白華), 매잠산(梅岑山). 관음보살의 영지로 풍경이 좋고 산 모양이 8각이다.

사천 아미산. 산서 오대산. 안휘 구화산과 더불어 중국 불교의 4대 명산 중의 하나이다. 보제사(普濟寺), 법우사(法雨寺), 혜제사(慧濟寺) 등이 있으며 조음동(調音洞)이 유명하다. 고려시대 충선왕과 나옹화상이 이곳을 방문하였다는 기록이 있다.

❖ 상산만(象山灣)

절강성 동쪽에 있는 해만. 내륙에 40km나 만입하였고, 넓이는 6.4km나 된다. 동쪽은 상산반도로 둘러있다. 만 안에 몇 개의 작은 도시가 있어 선박의 출입에 편리하다. 물이 깊어 옛날부터 중국 해군의 근거지를 만들려고 하였던 곳이다.

❖ 사명산(四明山)

절강성 영파(寧波)의 남서에 있는 산. 천태산(天台山)에서 기맥하여 북동으로 달리어 만봉(彎峯)을 이룬다. 도교에서 이 산을 존경하여 제 9동천이라 한다. 송나라 진종(眞宗) 때 천태종의 지례(知禮)는 명주(明州)의 연경사(延慶寺)에서 살고, 산가적류(山家嫡流)의 법문을 홍의(弘宜)하고 산외파(山外波)의 학장과 논쟁하여 그 이름이 나타나 사명존자(四明尊子)라 칭하여 졌다고 한다.

❖ 산음(山陰)

절강성 소흥현. 여기에 살던 도사 하나가 왕희지의 글씨가 탐이 나서 입수하려 했으나 구하기 어려웠으므로, 왕희지가 좋아한다는 거위를 보내 환심을 사서 황정경(黃庭經)을 쓰게 했다 한다. 부근에 있는 경호(鏡湖)의 경치가 뛰어나다.

❖ 서시석(西施石)

춘추시대 이름난 미인인 서시가 비단을 세탁했다

는 돌로 회계산(會稽山)의 산성에 남아 있다.

☙ 서호(西湖)

절강성 항주성 옆에 있는 호수. 서자호(西子湖)라
고도 한다. 옛 서적에는 명성호(明聖湖), 전당호(錢
塘湖), 상호(上湖) 등으로 불린다. 당 이후 이미 세
상에 알려졌으며 송대에 와서 특히 유명해 졌다. 서
호10경의 아름다운 경치를 자랑하며 주변에 영은사
(靈隱寺), 천축사(天竺寺) 등의 절과 고적이 많아 항
시 유람객이 끊이지 않는다.

☙ 석교(石橋)

절강성 천태산(天台山) 깊은 골짜기에 걸려 있다
는 돌다리로, 생사를 초월한 사람만이 건널 수 있다
하여 생사교(生死橋)로 불린다.

☙ 소흥(紹興)

절강성의 도시. 항주만 남쪽에 위치한다. 춘추시
대 월(越)의 도성이었고 회계(會稽)라고도 불렸던
운하(運河)의 거리. 찹쌀로 만든 소흥주(紹興酒)가
유명하다. 회계산, 구천의 묘와 난정 등의 명승이
있고 많은 사원이 있다. 성 교외에 우가 장사 지내
어졌다는 대우릉(大禹陵)이 있다.

☙ 봉황산(鳳凰山)

항주 교외에 있는 산. 풍광이 수려하고 성과사 등

유적이 많다. 특히 산 아래에 남송 때 설치된 수내
사요(修內司窯)의 유적이 발굴되었다.

수내사는 장작감(將作監)에 속하며 요무(窯務)에
종사하는데 환관 소성장(邵成章)의 감독 하에 청자
기 중에서 가장 우수한 청자기를 구웠다고 한다.

❖❖ 아육왕산(阿育王山)

절강성 영파의 동쪽에 있는 산. 육왕산이라고도
한다. 서진(西晉) 무제의 시대에 유살하가 아육왕
(아쇼카왕)의 8만4천 탑 중의 하나인 것을 여기서
발견한데서 기인한다.

유송(劉宋)시대에는 여기에 사탑(寺塔)이 건립되었
고, 양나라의 무제가 중수하여 아육왕사라고 불렀다.
조송(趙宋)시대에 소동파와 친교가 있던 대각회련(大
覺懷連)이 내주한 후부터 천하의 명찰이 되었다.

❖❖ 악왕묘(岳王廟)

서호의 한 귀퉁이에 악왕묘가 있다. 이것은 남송
의 무장인 악비(岳飛)의 묘다. 악비는 금과 싸워 승
리하였고 뒤에 진회(秦檜) 때문에 형벌을 받아 죽었
다. 서른아홉에 죽기 직전, 등에 '진충보국(盡忠報
國)'의 넉자를 자청하였다고 한다. 악비는 사후에
악왕으로 추봉되었고, 오래도록 나라를 구한 민족
의 영웅으로 숭배되었다.

❖ 영은사(靈隱寺)

항주의 운림선사(雲林禪寺)라는 절. 대웅전 앞에 8각 9층탑이 유명하다. 무림산(武林山)에 있다.

옛날 해리(海理)라는 고승이 이곳에 올라 그 절경을 찬탄하며 '천축의 영취산(靈鷲山)이 날아온 것이 아니냐.' 라고 하였다 하여, 이후 비래봉(飛來峯)이라 불렸다. 장경각 아래 **직지당(直指堂)**이 있고 신라왕자 김지장 스님과 신라의 무상선사가 500나한에 포함되어 모셔져 있다.

직지심체요절의 모본인 불조직지심체요절을 쓴 석옥 청공선사가 주지를 지낸 사찰이며 직지의 편저자인 백운화상과도 관계가 있다.

❖ 월계(越溪)

약야계(若耶溪)를 말한다. 절강성 소흥현 동남쪽에 있는데 서시가 이곳에서 연꽃을 따기도 하였다고 한다.

❖ 영파(寧波)

절강성 동부 용강(甬江) 하류에 발달한 도시. 옛 이름은 명주(明州)라고 한다. 당대 이래로 대외 통상과 교통의 중요한 항구로 영소(寧紹)평야, 주산열도 산물의 집산지이다.

영파 사람들은 옛날부터 상술(商術)이 뛰어나 지금도 전국적으로 활약하고 있다. 부근의 천동산(天童山), 아육산(阿育山)은 명승지로 유명하다.

웨이후 공원에는 고려사적기념관이 조성되어 신
라의 장보고, 대각국사 의천, 조선 최부선생의 자료
를 전시해 놓고 있다.

❖ 온주(溫州)

절강성 남부의 항구도시. 영가(永嘉)라고도 한다.
구강 유역의 화물을 집산하고 상공업이 발달하였
다. 온주귤, 차, 고치와 온주상인의 발상지로 유명
하다.

❖ 용정(龍井)

절강성 항주의 서남쪽, 풍황령(風篁嶺) 밑에 있는
도시. 용홍(龍泓)이라고도 한다. 이곳에서 나는 용
정차는 세계적으로 유명하다.

❖ 용천(龍泉)

절강성의 서남부에 있는 도시. 중국 최대의 청자
생산지이다. 기원은 늦으나 세계를 시장으로 하여
수출하였고 남송 이후의 유품이 많다.

특히 아름다운 분청색(粉靑色)의 다듬잇돌은 청
자의 최고품이다. 송나라 때 장생일(章生一), 장생
이(章生二) 형제가 이곳에서 함께 그릇을 구웠는데,
뒤에 형제가 분리되어 형의 요를 가요(哥窯)라 하고
동생의 것을 장요(章窯) 혹은 용천요(龍泉窯)라고
불렀다. 가요에서는 침수(砧手)의 청자를, 용천요에
서는 천룡사수(天龍寺手)의 청자를 구웠다고 한다.

❖❖전당강(錢塘江)

절강이라고도 하며 절강성을 흐른다. 하류의 양
안에는 산이 많아 조수가 사나우며, 특히 음력 팔월
에는 한층 맹렬하다고 한다. 그 이유는 매년 가을,
오자서(伍子胥)의 혼백이 큰 조류가 되어 이 강을
거슬러오기 때문이라고 한다.

❖❖주산열도(舟山列島)

절강성 동쪽 항주만 남쪽에 있는 제도(諸島). 중
심은 주산도의 정해(定海)현이다. 어업이 주이며 보
타산은 관음보살의 성지이다. 고려 충선왕과 이제
현, 나옹화상이 이곳을 방문하였다.

❖❖천목산(天目山)

절강성 항주의 북서쪽, 임안(臨安)현에 있는 산
이름. 산세가 험하고 끝이 뾰족하여 마치 하늘의 눈
과 같아서 천목이란 이름이 붙었다.

동천목산과 서천목산으로 나뉘며, 여기에서 출산
되는 차는 천지(天池)와 용정(龍井) 다음으로 좋은
것이라 하며 천목다완이라는 다기가 유명하다.

❖❖청전(靑田)

절강성 청전현. 이곳에서 산출되는 동석은 청전
석이라 하며 완구(玩具)와 인장을 만드는데 쓰이며
특히 청전석 중에서도 옥과 같이 형결(螢潔)하여 등
불처럼 찬란한 것이 있는데 이것을 등광석(燈光石)

이라고 한다고 한다.

등광석은 옥보다도 더 비싸며 질이 아름답고 새기기가 쉬워 인장으로는 최고의 재질로 알려져 있다.

❦ 항주(抗州)

옛날 호림(虎林)이라 불렸던 오(吳), 월(越), 전(錢), 무(武), 숙(肅)의 5대국의 서울이었던 곳이다. 그 후에는 송나라의 고종황제가 도읍을 남으로 옮겨 임안(臨安)으로 개칭하였다가 그 후 항주라 불리게 되었다. 전당강이 굽이쳐 흐르고 남쪽으로는 운하가 통하고 있다. 또한 물자가 풍부하고 산수가 빼어나서 뛰어난 인물들이 속출했다. 항주성 서쪽에 있는 서호는 청산이 병풍처럼 둘러섰으며 호수물이 어찌나 맑은지 10여 장이나 되는 밑바닥이 환히 들여다보였다. 그 경치의 아름다움이란 비교할 바가 없어 풍류객은 물론 선비, 고승들의 발길도 끊어질 새가 없었다. 진정 극락이라 할 만한 곳이었다.

항주는 특히 서호와 영은사, 용정차가 유명하다. 상유천당(上有天堂) 하유소항(下有蘇抗)이란 말이 있을 정도로 강소의 소주와 함께 명승지로 알려졌다. 진(秦) 때는 전당, 수나라 양제 때 운하를 개설한 뒤부터 항주로 명명되었다.

❦ 호주(湖州)

절강성의 서북, 태호 남안의 도시. 일명 오흥(吳興)이라고 한다. 이곳이 직지탐험대의 제1루트이다. 고려 시대에 백운화상이 절강성 호주시 하무산 천호암에 방문하여 '직지심체요절'의 모본인 '불조직지심체요절'을 천호암에서 받아왔다고 목은 이색선생이 기록한 바로 그곳이다.

잠사업의 중심지이며, 특산물 호필(湖筆)이 나온다. 북동에 있는 남심진(南潯鎭)은 옛날 고촌으로 유명한 곳이며 잠사의 거래가 성하며 이 성에서 가장 부유한 곳이다. 남서의 막간산(莫干山)은 절경으로 유명한 피서지이다.

❧ 회계산(會稽山)

절강성 소흥현의 남동에 위치한 명산. 월왕 구천과 오왕 부차가 싸웠다는 산. 부차에게 패한 구천이 쓰라린 고난을 참고 마침내 부차를 이겨 회계의 굴욕을 씻었다. 산기슭에 대우릉(大禹陵)과 월왕전이 있고 신라와 고려의 기록에 종종 등장하는 곳이다.

회계산은 원래 모산(茅山)으로 불려졌던 산인데 우가 천하의 제신을 모아놓고 치수를 상의하고 공공(共工)을 토벌한 뒤 회계산으로 불려지게 되었다고 한다. 회계(會稽)란 회계(會計)를 의미하는데 그것은 곧 모아놓고 계획을 의논한다는 뜻이었다.

2. 산서성(山西省)

❧ 관작루(罐雀樓)

산서성 평양(平陽)부 포주(浦州)의 성북에 있는 3

층 누각. 동남으로 중조산, 눈 아래 황하가 굽어보이는 명승지.

❖ 대동(大同)

산서성의 북부. 옛 이름은 운주(雲州), 평성(平城). 북위의 옛 서울. 군사, 경제, 교통의 요지이며 상건(桑乾) 분지의 농축산물의 집산지이다. 사적(事蹟)이 많고 서남쪽에는 탄전지대이며 서쪽 15㎞에 있는 운강석굴(雲崗石窟)의 불상이 유명하다.

❖ 분수(汾水)

산서성을 남쪽으로 가로질러 황하로 들어가는 강. 분하(汾河)라고도 한다. 황하 지류 중 최대의 것으로 산서성의 북부, 관잠산에서 발원하여 정락(靜樂), 태원 등을 지나 황하에 합류한다. 수정(水程)은 길지만, 뱃길은 강주(絳州)까지 통한다.

❖ 분양(汾陽)

산서성의 서북, 태원 분지 서단의 도시. 교통의 중심지이며 부근은 토지가 기름지고 농산물이 풍부하다. 섬서성의 북부, 산서성의 남부에서 산출되는 물자의 집산지이며 분주(汾酒)가 특산품이다.

❖ 불궁사(佛宮寺)

산서성 응현에 있고 요나라 때 건조된 절. 8각 9층 목탑이 있고, 첫 층에 상계(裳階)가 있어 그 1변은 1,239센티이다. 높이는 약 115미터에 이른다.

중국의 목조 건물 중 가장 중요한 것 중의 하나이다. 응현(應縣)에 있다.

❖ 석불사(石佛寺)

산서성 대동의 서쪽 교외에서 약 11㎞ 떨어진 운강(雲崗)의 암벽에 있는 석굴. 석굴사라고도 한다. 수백의 석굴이 있는데 제 1, 제 2, 제 3의 3구로 나뉘며, 큰 것은 제 1구에 4굴, 제 2구에 9굴, 제 3구에 7굴이 있어서 이들의 상하 좌우에는 무수한 소감(小龕)이 이루어졌고, 그 내부에는 무수한 석불이 조각되었는데 그 길이는 약 450미터에 달한다.

북위 문제 때 사문(沙門) 운요(雲曜)가 만들기 시작한 것으로서 수나라 말기에서 당나라 초기까지 계속하여 판 것이라 한다.

❖ 부강(釜岡)

산서성 태원현에 있다. 전설에 의하면 태양신 염제는 약초에 관심이 많아 그 자신이 각종 약초의 맛을 보았다고 한다. 그 때문에 그는 하루에도 70번씩 중독이 되었다고 한다. 부강에는 그 당시 그가 약을 맛보았다고 하는 솥이 있다.

❖ 성양산(成陽山)

산서성 태원현에 있다. 염제(신농씨:神農氏)가 자편이라고 하는 일종의 신비한 채찍을 사용하여 각종의 약초를 채찍질하였다고 한다. 이들 약초는 채찍질을 가하게 되면 독성의 여부나 약효 등이 자연히 나타나게 되었다. 성양산에는 그가 약초를 채찍질했다고 하는 곳이 있다. 그래서 이 산을 신농원약초산(神農原藥草山)이라고도 부른다.

▪▪ 수양산(首陽山)

산서성의 남부에 있는 산. 수산(首山), 뇌수산(雷首山), 중조산(中條山), 포산(蒲山), 역산(曆山)등의 이명이 있다. 백이(伯夷)와 숙제(叔齊)가 수양산 밑에서 굶어 죽었다는 곳이 바로 이곳이며, 한국의 자료에도 많이 나오는 지명이다.

▪▪ 운성(運城)

산서성 남부의 성. 운성(雲城)이라고도 하며 해주(海州)라고도 한다. 부근에는 유명한 하동염(河東鹽) 산지가 있어서 그 소금의 집산지이다.

우의 도읍지였던 안읍과 위(魏)의 도읍지였던 안읍(安邑)은 모두 이 근처이며 삼국지로 유명한 관운장의 고향이며 백이숙제의 사연이 있는 수양산이 있다.

▪▪ 망향대(望鄕臺)

안읍의 성 남문 밖에 있는 누각. 우임금의 부인인 도산(塗山)의 여교(女嬌)가 안읍에서 고국을 그리워하여 우가 누각을 지어주고는 적적하거나 무료할 때 이곳에 올라 고향을 그리워하게 했다고 한다.

▼▼ 오대산(五臺山)

산서성 북동부에 있는 불교의 명산. 최고봉은 북대(北臺)의 두봉(斗峯)으로 삼천사십 척이라 한다. 문수보살이 수도하던 청량산(淸凉山)에 해당한다고 여겨지며 아미산, 보타산(普陀洛伽:보타락가), 구화산과 함께 중국 불교 4대영산으로 꼽힌다.

오대란 중대의 취암봉(翠岩峯), 동대의 망해봉(望海峯), 남대의 천수봉(천繡峯), 서대의 괘월봉(掛月峯), 북대의 두봉을 말한다. 대회진(臺懷鎭)의 현통사(顯通寺)가 유명하며 왕오천축국전으로 유명한 신라승 혜초스님의 입적지로 알려져 있다. 수호지의 노지심의 무대이기도 하다.

▼▼ 운강석굴(雲崗石窟)

산서성 대동의 서방 약 20㎞ 지점에 있는 북위의 석굴. 대동의 석불로서 유명하다. 무주강(武周江)의 남쪽에 있는 단애에 새긴 것으로 대소 40수 개의 석굴이 동서 1㎞에 걸쳐 산재하여 있다.

제 1기는 대굴, 제 2기는 중굴. 제 1기 초기의 석불은 풍부한 육체로 얼굴 표현도 야성적이다. 소박한 생활력의 표현, 건축적 구조, 장식적 의장은 서방적이다. 석질은 백사암(白砂巖)이다.

▼▼ 용문산(龍門山)

산서성과 섬서성의 경계에 있는 산. 예로부터 등용문, 신가백배(身價百培)라는 말로 유명하거니와 용문산이라고 불려진 데는 다음과 같은 이야기가 있다.

옛날 강이나 바다에서 노닐던 고기떼는 매년 일 정한 시간만 되면 이곳 용문산의 절벽 밑에까지 모 여들어 높이뛰기 시합을 벌이는 것이다. 그런데 그 절벽을 넘으면 승천할 수 있으며 그렇지 못하면 여 전히 물고기로 남을 수밖에 없다고 한다. 또 다른 전설에는 용문의 근처에 이어동(里魚洞)이라고 하 는 계곡이 있는데 이곳에는 잉어가 많이 살았다고 한다. 이들은 동굴에서 빠져나와 3개월 동안이나 역류를 거슬러 용문의 상류로 가게 되는데 용문을 넘으면 용이 될 수 있지만 넘지 못하면 그냥 되돌아 갈 수밖에 없었다고 한다.

신화에 의하면 용문산은 여량산(呂梁山)의 산맥 과 접하였는데 이 산이 마침 황하를 가로막고 있기 때문에 우임금이 용문산을 두 조각으로 동강내고 말았다. 그러자 이 산은 마치 대문을 연 듯 강의 양 쪽에 위치하게 되었으며 이때부터 황하는 절벽사이 를 급류를 형성하면서 흐르게 되었다고 한다.

❖ 장치(長治)

산서성 동남부의 도시. 로안(潞安), 상당(上黨)이 라 한다. 당삼(黨參:上黨産의 약용인삼), 못은 옛부 터 특산이며 청주 한씨와 청주 곽씨의 본향으로 알 려져 있다. 상당고성(上黨古城)과 성황묘, 장치박물 관 등이 유명하다.

❖ 천룡산(天龍山)

산서성 태원의 서남 17㎞ 지점에 있다. 동위에서 북제, 수, 당, 대를 걸쳐 조영된 석굴이 진사진(晉祠鎭) 서쪽의 산중에 있다. 제 2동, 제 3동이 가장 고식으로 동위식인데 북제의 굴은 제 10동과 제 16동이고 3벽에 아취모양의 공감(公龕)을 부조하고 5존상이 들어 있다.

❖ 태원(太原)

산서성의 성도. 시내의 유차노성이 유명하며 수나라 당나라의 근거지이다. 분하(汾河) 상류에 있는 천연적 요새지로 양곡, 태원, 문수, 교성 등 인근 10현을 관할하는 관청소재지이며, 하북, 산서지방 일대의 요충지이다.

시가는 14㎞의 성벽으로 둘러싸였으며 그 안에 내성도 있다. 춘추시대로부터 진양(晉陽)으로 알려졌고 성내에 진사(晉祠), 낭자관(娘子關) 등의 명승지가 있다. 거리는 산지사방에서 모여드는 객상, 유람객들 그리고 온갖 사람과 수레와 기마로 붐비고 길 양옆은 주루, 찻집, 형형색색의 점포 등 번잡하고 호화롭기 그지없었다. 특히 성의 남쪽에 있는 취선루는 유명한 객점이다.

❖ 태행산(太行山)

산서성 진성(晉城)현 남방의 태행산을 주봉으로 하여 서는 분수(汾水), 동은 갈석(碣石)에 이르는 산

134

맥. 거의 남북으로 달리고, 산서성과 하남, 하북 두 성의 경계를 이루고, 만리장성 근방에서 대흥안령의 남단으로 연결된다.

회남자(淮南子)에서 오행지산(五行之山)이라 불리며, 열자(列子)에서는 대형(大形)이라 불린 천하의 허리로 일컬어지는 수천 리에 걸친 대산맥이다. 태행산은 전설에 의하면 왕옥산(王屋山)과 맞붙어 있었는데 통행이 불편하여 과아씨의 두 아들이 태행산은 삭동(朔東)으로, 왕옥산은 옹남(雍南)으로 갈라놓았다는 우공이산(愚公離山)의 신화가 있다. 태행산 일천리(太行山一千里)라 할만큼 거대하다.

❖ 평양(平陽)

산서성 남부에 있는 도시. 웅대한 성곽이 있으나 성내는 논밭이 많다. 옛날 요임금이 도읍한 곳이라고 전해지며 지금도 그 사묘(社廟)가 있다. 대대로 유명한 역사 유적지가 많은 중국에서 가장 오래된 역사의 고장이며 고대 유적이 많은 곳이다.

❖ 평정(平定)

산서성 동부의 도시. 상, 하의 2성이 있으며 성 경계의 요지였다. 도자기가 성하며 정요(定窯)는 전국적으로 유명하다.

❖ 항산(恒山)

오악 중의 북악. 내장성(內長城) 혼원(渾源)현에

135

있으며 높이는 이천이백십구 척. 최고봉은 천봉령(天峯嶺)이며 일명 중산(中山)이라고 한다.

태상노군(太上老君), 옥황대제(玉皇大帝), 원시천존(元始天尊)을 모시는 도관이 많고 현공사(縣空寺)가 유명하다. 산기슭에 북악묘(北岳廟)가 있고 일명 상산(常山)이라고 한다. 역대 제왕들이 수시로 올라 하늘에 제사를 지낸 유서 깊은 곳이며 도교와 불교의 뿌리가 대단히 깊은 곳이다.

3. 하남성(河南省)

❖❖ 개봉(開封)

옛날에는 변경(汴京), 대량(大梁), 변량(汴梁)이라고 불렀다. 황하 남쪽에 위치하고 있으며 오대의 4왕조와 북송의 수도였다.

하남 대평야의 중심지에 위치하여 교통, 상업의 중심지이고, 용정(龍井), 상국사(相國寺), 주선진(朱仙鎭),청명상하원 등 명승지가 많다. 낙양과 더불어 서유기의 무대이기도하며 고려시대에 왕래가 많았던 곳이다.

❖❖ 공현(鞏縣)

하남성의 도시로 두보의 고향이다. 공현석굴이 있으며 하(夏)의 걸왕(桀王)의 궁전이 있던 곳이다. 걸왕은 백성의 고혈을 짜서 요대(瑤臺)라는 초호화 궁전을 지었다고 한다. 요대에는 천하의 각종 진귀

한 보물들을 산더미처럼 쌓아 놓고 미녀로 가득 채
웠다. 또한 요대 안에 연못을 파서 술로 가득 채우
게 한 다음 배를 띄워 주지(酒池)를 만들고 놀이를
즐겼다. 당나라의 유명한 시인인 두보의 묘가 있다.

❖ 관림(關林)

낙양의 남쪽에 있는 관우의 무덤. 관우는 관성제
군(關聖帝君)으로, 서민 신앙의 중심이며 관제묘
(關帝廟)가 도처에 있다. 삼국시대에 활약했던 촉
의 유비, 관우, 장비의 설화가 민간에 보급되기 시
작한 것은 당나라 말기쯤으로 여겨지고 있는데, 송
에서 원에 걸쳐 연극 등으로 한창 다루어지게 되자,
의인(義人) 관우의 신격화가 이루어졌다. 관우는
원래 무인이었기 때문에 지배자들도 크게 의지하
게 되었다. 그리하여 관(官)의 측에서 신격화에 박
차를 가하게 되는 것은 북송 말 휘종(徽宗)의 숭녕
연간(嵩寧年間;12세기)부터인데 역대 조정에서 잇
달아 칭호가 증정되어 청의 도광(道光)연간에는 충
의신무영우인용위현관성대제(忠義神武靈祐仁勇
威顯關聖大帝)라 불리기에 이르렀다.

문(文)의 성인인 공자와 나란히 무(武)의 성인으
로 일컬어졌던 것인데, 그 묘소도 공자의 묘가 공림
(孔林)이라 불리고 있는데 대하여 관림(關林)이라
불리게 되었다. 오의 손권이 관우를 사로잡아 참수
하여 그 목을 조조에게 보내자, 조조가 낙양의 남쪽
교외에 장사지냈다. 그 목을 매장한 무덤은 분명치

않은데 명나라 시대에 관림을 조성하여 목을 매장
한 무덤으로 기리고 있다.

❖ 금촌(金村)

하남성 낙양 부근의 고을. 전국시대 후기의 유물
인 목곽분(木槨墳)이 여기에 있으므로 유명하다.

여기에 나온 동, 은기, 조상, 칠기, 옥기, 거울, 무
기, 미구 등은 모두 귀중한 유물로서 그 중에서도
금은상감(金銀象嵌)은 정묘의 극치이다.

❖ 협주(陝州), 협현(陝縣), 천령(天嶺, 川寧)

하남성 등봉(登封)현. 허주(許州), 허창, 기산(箕
山)이라고도 한다. 양성(陽城) 아래에 영수(潁水)가
흐른다. 함양(咸陽)이라고 하며 구릉으로 된 험지가
많아 천령(天嶺, 川寧)이 된 것이며 지금은 협주(陝
州), 협현(陝縣)이라고 부른다.

요임금이 나라를 물려주려고 하자 허유(許由)는
화를 내며 자기의 더러운 귀를 씻었다고 한다. 이때
마침 그의 친구였던 소부(巢父)라는 자가 물을 먹이
기 위해 소를 끌고 왔다가 그 광경을 보고 물었다.
허유가 사정을 이야기하자 그의 귀를 씻은 더러운
물을 소에게 먹일 수 없다며 강물을 거슬러 올라가
소에게 물을 먹였다 한다. 전설에 의하면 지금도 기
산에는 허유의 묘가 있으며 그 산 밑에는 소부가 소
를 몰던 흔적이 남아 있고, 영수 가에는 독천(犢泉)
이라고 하는 샘이 있으며, 숭산 기슭으로 옛날에 사

찰이 많았다고 한다.

❖❖ 기현(杞縣)

하남성 동부의 도시. 개봉의 남동부 50km 지점에
위치한다. 고사성어인 기우(杞憂)의 고장으로 기
(杞)나라 사람이 하늘이 내려앉지나 않나 하고 걱정
했다는 고사가 있다. 주나라 때에 기국(杞國)으로
되었으나 송 대에 옹구읍(雍丘邑)이라고 불렀다가
12세기경에 다시 기현으로 개명되었다.

❖❖ 낙수(洛水)

하남성 서부의 강. 섬서성의 동부 진령산맥에서
발원하여 동류하여 하남성을 지나 황하로 들어간
다. 공현 북서에서 황하에 합류한 하류는 배가 다닌
다. 지류로는 이수(伊水), 간수(澗水) 등이 있다. 유
역은 한족의 가장 오래된 활동지로서 연안에는 낙
양과 같은 고도가 있어 사적 상으로도 유명하다. 낙
수의 여신은 복희의 딸인 복비(宓妃)인데 낙수를 건
너다가 그만 물에 빠져 죽어 낙수의 여신으로 화했
다고 한다. 그녀는 뛰어난 미모를 자랑하고 있었는
데 낙빈(洛嬪)이라고도 한다.

❖❖ 낙양(洛陽)

주나라 때는 낙읍(洛邑)이라 불렀다. 동한의 고도
이며 중국의 5대 고도 중의 하나다. 동으로는 호로
(葫虜)를 장악했고, 서쪽으론 함곡(函谷)을 봉쇄하

고, 남으로는 이락(伊洛)과 접하였고 북쪽에는 황하가 유구하게 흐르고 있다. 지형이 험준하고 견고하여 옛부터 전쟁이 터지면 병가(兵家)들이 서로 다투는 곳이었다. 성 동쪽의 백마사는 한의 명제 때 건립된 것이다. 또한 성의 남쪽에는 이궐(伊闕)이 있는데 그 산 벽에는 불상이 정교하게 새겨져 있어 천불암(千佛巖)이라 칭한다. 그리고 성의 북쪽 망산(邙山)은 고대의 황제와 황후의 무덤이 많은 곳으로 지금은 고적의 명승지로 정해져 있다. 천진교(天津橋), 관제총(關帝塚), 용문(龍門)석굴, 향산사 등 명소가 많으며 연개소문의 아들 연남생과 백제유민인 부여융의 묘지석이 이곳에 남아 있다고 한다.

❖❖남양(南陽)

하남성 서부에 있는 도시. 개봉의 남서 약 270km 거리에 있어 백하(白河)의 서안에 닿는다. 견직물업을 옛날부터 유명하다. 부근 산악지대에는 석재를 원료로 하는 석세공(石細工)과 자수가 있다. 유수(劉秀;후한의 광무제)가 여기에서 거병하여 후한을 세웠다. 하남성 남서부의 중심도시이다.

❖❖대별산(大別山)

하남, 호북, 안휘 3성의 경계를 북서에서 남동으로 뻗은 산맥. 남양 분지의 동쪽에서 호광(湖廣)평야의 북동을 거쳐 양자강 북안에 이르게 된다. 양자강 유역과 준하 유역으로 갈라져 있는 관계로 회양

산(懷陽山)이라 부른다. 또는 회산(懷山)이라고도
한다. 해발 1,000미터 이상 되는 곳이 많다.

❖ 동관(潼關)

동관은 황하가에 위치한 큰 성시 중의 하나였다.
섬서성과 산서성, 하남성의 요충지였다. 성은 산허
리에 세워져 있는데 아래로 굽어 도는 황하를 끼고
있어 옛부터 여느 병가(兵家)에서나 탐을 내며 쟁취
하고자 하는 땅으로 유명했다.

❖ 동백산(桐栢山)

하남성 동백현 서남에 있는 산. 우는 치수를 하려
고 세 번이나 이곳에 들렀는데 이곳은 바람이 워낙
센데다 번개가 잦아 돌과 나무가 울음소리를 낼 정
도라고 한다. 그것이 요물의 장난임을 안 우는 화가
나서 회수(淮水)와 와수(渦水) 사이에서 무지기(無
支祈)라는 수괴(水怪)를 잡았다고 한다.

❖ 동작대(銅雀臺)

하남성 임장현의 서남쪽 16㎞에 있는 업도(業都)
의 옛터. 위나라 조조의 근거지로 시작하여, 후에
조(趙)나라 석호(石虎)가 축영한 다음, 파괴, 재건을
거듭하여 최후에는 북주(北周)가 파괴하였다. 북제
(北齊)의 석사(石獅)등이 있다. 큰 동작을 주조하여
다락 꼭대기에 놓았다.

❖ 망릉대(望陵臺)

업(임장현)에 있는 삼국시대의 조조가 지은 대. 조조는 임종 때 유언하기를 백관(百官)은 이대에 올라 서쪽에 있는 자기의 능(陵)을 바라보라고 하였다. 업성의 동쪽에는 장수가 흐른다. 장수는 황하의 지류다.

❖ 맹진(孟津)

하남성 낙양의 동쪽에 있는 나루터. 황하 남안에 있으며 맹진(盟津)이라고도 한다. 맹현의 서남에 있다. 주무왕이 이곳을 건너 목야(牧野)로 전진했다고 한다.

❖ 목야(牧野)

하남성 기현(淇縣) 남쪽의 지명. 주(紂)가 무왕에게 크게 패한 곳이다.

❖ 박(亳)

하남성 상구(商丘)현 서남일대. 성탕(成湯)이 하나라를 멸망시키고 이곳에 도읍을 정하면서 국호를 상(商)이라 하였다고 한다. 후에 도읍을 다시 은(殷)으로 옮기고 국호도 은이라 칭하였다.

❖ 백마사(白馬寺)

중국 최초의 사찰. 그 유적은 하남성 낙양의 교외에 있다. 후한의 명제(明帝)가 사자를 서역에 보내어 불도를 구하게 했는데 그들은 대월지국(大月支國)에서 중인도(中印度)의 불상경전을 말에 싣고 낙양으로 돌아왔다고 한다. 8년 후에 이곳에 절을 세우고 백마사라고 하였으며 스승들을 초빙하여 역경에 종사하였다고 한다. 백마사에는 13층 석탑이 유명하다.

❖ 복우산(伏牛山)

진령 동부산맥. 하남성 숭현(嵩縣) 서남의 복우산, 일명 천식산(天息山)이 주봉이며, 동남으로 뻗어 있다. 편마암으로 이루어지고, 하남성 서부의 분수령이다.

❖ 봉선사(奉先寺)

용문석굴 서산(西山)의 중턱에 위치한 봉선사의 대불(大佛)이 유명하다.

❖ 북망산(北邙山)

북망산은 낙양의 북쪽에 위치하고 있다. 왕족들의 시신이 많이 묻힌 까닭에 죽음의 대명사처럼 여겨지며 누구나 죽으면 칠성판에 누워 이곳에 묻히고 싶어 하는 산이나 지금은 수풀에 쌓여 황폐해 졌다.

❖ 상구(商丘)

하남성의 도시. 개봉의 동남 약 130㎞에 있고 옛부터 농산물이 많이 나는 곳이다. 춘추시대 송의 국

도였고, 또 한의 양국(梁國), 당의 송주(宋州), 남송
이후의 귀덕부(歸德府)의 주도이기도 하였다.

❦소림사(少林寺)

하남성 등봉(登封)현 숭산에 있는 임제종(臨濟
宗)의 대가람으로 소림사의 달마대사와 소림사의
무술로 유명하다. 우리나라의 혜초스님과 원광법사
도 이곳에서 수행을 했다는 기록이 있다.

❦소평진(小平津)

창주(滄州) 염산(鹽山)현의 경계에 있는 천자의
사냥터. 하남성 맹진의 북쪽, 황하에 면한 나루터의
두 곳이 있다.

❦숭산(嵩山)

옛적에는 외방(外方)이라 했으며, 또 숭고(嵩高)
라고도 일컫는 숭산은 오악 가운데 중악(中岳)이라
손꼽히는데 그곳에는 세 개의 봉우리가 우뚝 서 있
었다. 가운데 봉우리는 준극(埈極), 동쪽은 태실(太
室), 서쪽은 소실(小室)로 일컬어진다. 소실 북쪽 기
슭에 소림고찰이 자리 잡고 있는데 웅장하고 거대
한 전각과 승방이 즐비하여 건평이 거의 3만 평에
달하며 소림사 탑림, 비림 오백나한상 등 많은 유적
이 있으며 고려시대에 중국 불교의 중심지였다.

중국 성시의
명칭과 약칭

중국 성시의 명칭

신강위그르 자치구
32

청해성
30

티베트
31

25
사천성

24
운남성

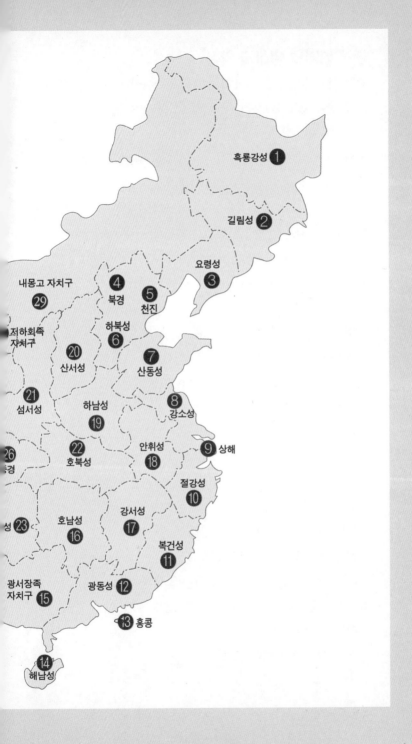

흑룡강성 1
길림성 2
요령성 3
내몽고 자치구 29
북경 4
천진 5
저하회족 자치구
하북성 6
산서성 20
산동성 7
섬서성 21
하남성 19
강소성 8
26 경
호북성 22
안휘성 18
상해 9
절강성 10
23 성
호남성 16
강서성 17
복건성 11
광서장족 자치구 15
광동성 12
홍콩 13
해남성 14

중국 성시의 명칭과 약칭

중국 성시의 명칭은 세 가지 방법으로 붙여졌다.

첫째, 춘추전국시대부터 내려오는 그 지역의 명칭
　　을 따는 것,

둘째, 그 지역에 있는 산이나 강에서 유래되는 것,

셋째, 원래의 명칭을 줄여서 부르는 것이다.

또 각 성은 명칭 외에 하나 이상의 약칭을 가지고 있는데, 이 약칭을 알아두면 중국여행이나 중국인과 대화시 아주 큰 도움이 되며 죽구지역 자동차 번호판이 이것으로 구분된다.

❶ 흑룡강성(黑龍江省) - 헤이(黑)

헤이룽쟝(黑龍江)성은 북부에 유명한 헤이룽(黑龍)강이 있기 때문에 붙여진 이름이다. 약칭은 헤이(黑)를 쓴다.

❷ 길림성(吉林省) - 지(吉)

지린성은 쑹화(松花)강의 상류에 있는데, 만주어로 "강 유역"을 "吉林鳥拉"라고 하는데서 붙여진 이름이다. 즉, "쑹화강 유역"이라는 뜻으로 지린을 쓴 것이다. 약칭은 지(吉)라고 한다.

❸ 요녕성(遼宁省) - 랴오(辽)

랴오닝성은 랴오허(辽河)의 하류에 있기 때문에 붙여진 이름이다. 약칭은 랴오(辽)를 쓴다.

❹ 북경(北京) - 징(京)

베이징은 약칭이 징(京)이다.

❺ 천진(天津) - 진(津)

톈진의 약칭은 진(津)이다.

❻ 하북성(河北省) - 지(冀), 옌(燕)

허베이성은 황허(黃河)의 북쪽에 있기 때문에 얻어진 명칭이다. 약칭은 지(冀)라고 하는데, 이것은 허베이성이 있는 곳이 고대에 지조우(冀州)가 있던 곳이기 때문이다. 춘추전국시대에는 옌(燕)나라가 자리하고 있던 곳이기 때문에 옌(燕)성이라고도 한다.

❼ 산동성(山東省) - 루(魯)

산둥성은 황허(黃河)의 하류에 위치하고 있는데, 타이항(太行)산맥의 동쪽에 위치하기 때문에 붙여진 이름이다. 약칭은 춘추시대에 루(魯)나라 땅이었기 때문에 루(魯)라고 한다.

❽ 강소성(江蘇省) - 쑤(蘇)

쟝쑤성은 창(長)강(양자강)의 하류에 위치하는데, 예전에 쟝닝과 쑤조우(蘇州)라는 두 부(府)로 되어 있었기 때문에, 그 앞 자 만을 따서 쟝쑤(江蘇)라고 부른다. 약칭은 쑤(蘇)를 쓰고 있다.

❾ 상해(上海) - 후(滬)

상하이(上海)는 경내 주요하천인 황푸(黃浦)강(江)의 다른 이름인 선(申)강에서 유래한 선(申)이라는 이름으로도 불리며, 약칭은 후(滬)이다.

❿ 절강성(浙江省) - 저(浙)

저쟝성은 경내 최대의 하천인 저쟝(浙江, 지금의 錢塘江)의 이름을 따서 부르고 있다. 약칭은 저(浙)를 쓴다.

⓫ 복건성(福建省) - 민(閩)

푸젠성(福健省)은 옛날에 있던 푸조우(福州)와 젠닝(健宁) 두 부의 앞 자를 따서 붙여진 이름이다. 약칭은 민(閩)이라고 하는데, 진대(秦代)에 이 곳이 민쭝(閩中)군(郡)에 속했고, 오대(五代)에는 민(閩)나라 땅이었기 때문에 붙여진 이름이다.

⓬ 광동성(廣東省) - 위에(粤)

광둥성은 명대에 이 곳에 광둥(廣東) 포정사사(布政使司)가 설치되었고, 청대부터 광둥성(廣東省)이라고 불렀기 때문에 붙여진 이름이다. 약칭은 위에(粤)라고 하는데, 춘추시대에는 이 곳이 바이위에(白粤)라는 나라의 땅이었기 때문에 붙여진 이름이다.

⓭ 홍콩(香港) - 아오(澳)

독립행정구인 샹깡(香港, 홍콩)의 약칭은 깡(港), 아오먼(澳門, 마카오)의 약칭은 아오(澳)이다.

⓮ 해남성(海南省) - 치옹(琼)

하이난성은 하이난(海南)섬에 위치해 있어서 붙여진 이름이고, 약칭은 치옹(琼)을 쓰고 있다.

⓯ 광서장족자치구 - 닝(宁)

소수민족 자치구인 광시(廣西)장족 자치구의 약칭은 꾸이(桂)이다.

⓰ 호남성(湖南省) - 샹(湘)

후난성은 둥팅(洞庭)호(湖)의 남쪽에 위치하기 때문에 붙여진 이름이다. 약칭은 경내의 유명한 하천인 샹(湘)강의 이름을 따서 샹(湘)이라고 부른다.

⑰ 강서성(江西省) - 깐(贛)

쟝시성은 양자강(장강)의 하류이자 쟝난(江南)의
서쪽에 위치하고 있다. 쟝시(江西)라는 명칭은 탕
(唐)나라 때 이곳을 쟝난시(江南西)도(道)가 설치되
었으며, 명대(明代)에는 쟝시(江西)포정사사(布政
使司)라는 관청이 설치되었기 때문에 거기서 이름
을 따서 부르고 있다.

약칭은 경내에 주 하천인 깐(贛)강이 흐르고 있
기 때문에 그 이름을 따서 부르고 있다.

⑱ 안휘성(安徽省) - 완(晥)

안후이성은 양자강 중류에 위치하고 있는데, 쟝
쑤와 비슷하게 원래 안칭과 후이조우(徽州)라는 두
부(府)로 되어 있었기 때문에 그 앞 자를 따서 부르
고 있다.

약칭은 안후이성 경내에 있는 산인 완(晥)산의 이
름과 춘추시대 안후이성 경내에 있었던 완(晥)나라
의 이름을 따서 완(晥)이라고 한다.

⑲ 하남성(河南省) - 위(豫)

허난성은 황허(黃河)의 남쪽에 위치하기 때문에
얻어진 명칭이다. 고대에는 위조우(豫州)가 있던 곳
이므로 약칭을 위(豫)라고 한다.

⑳ 산서성(山西省) - 진(晋)

산시성은 황허(黃河)의 중류에 위치하는데, 산둥
성과 마찬가지로 타이항(太行)산맥의 서쪽에 위치
해서 붙여진 이름이다. 약칭 역시 춘추시대에 진
(晋)나라 땅이었기 때문에 진(晋)이라고 한다.

㉑ 섬서성(陝西省) - 산(陝)

산시성은 송대(宋代) 이후에 산시루(陝西路)라고 불려졌기 때문에 지금의 명칭을 쓰게 되었고, 약칭은 산(陝)이라고 불리고 있다.

㉒ 호북성(湖北省) - 어(鄂)

후베이성은 양자강의 중류에 위치하는데, 둥팅(洞庭)호(湖)의 북쪽에 위치하기 때문에 붙여진 이름이다. 약칭은 고대 어(鄂)왕의 봉읍지가 있던 곳이어서 어(鄂)라고 부른다.

㉓ 귀주성(貴州省) - 치엔(黔)

꾸이조우성은 윈꾸이(云貴)고원의 동쪽에 위치하여 붙여진 이름이고, 약칭은 친(秦)대에 치엔쭝(黔中)군이 설치되었던 연유로 치엔(黔)으로 불려지고 있다.

㉔ 운남성(云南省) - 디엔(滇)

윈난성은 윈링(云岭)의 남쪽에 위치하여 붙여진 이름이며, 약칭은 고대에 디엔(滇)나라 땅에 속했기 때문에 디엔(滇)으로 쓰고 있다.

㉕ 사천성(四川省) - 촨(川)

쓰촨성은 경내에 민(岷)강, 쟈링(嘉陵)강, 퉈(沱)강, 우(烏)강의 4대 하천이 흐르기 때문에 붙여진 이름이다. 약칭은 촨(川)을 쓴다.

㉖ 중경(重庚) - 위(渝)

세계 최대 인구의 도시(인구 3000만명)로 자랑하는 직할시인 충칭(重庚)의 약칭은 옛이름 위조우(偸州)에서 유래한 위(渝)를 쓰고 있다.

㉗ 감숙성(甘肅省) - 롱(隴)

깐쑤성은 예전에 있던 깐조우(甘州)와 쑤조우 (肅州) 두 부(府)의 앞 자를 따서 불리게 된 것이다. 약칭은 룽(隴)산의 서쪽에 있다 하여 룽(隴)을 쓰고 있다.

㉘ 저하회족자치구 - 닝(宁)

닝샤(宁夏)회족 자치구의 약칭은 닝(宁)이다.

㉙ 내몽고자치구 - 멍(蒙)

네이멍구(內蒙古)몽고족 자치구의 약칭은 멍(蒙)이다.

㉚ 청해성(靑海省) - 칭(靑)

칭하이성은 경내에 있는 칭하이(靑海) 호수에서 붙여진 이름이고, 약칭은 칭(靑)을 쓰고 있다.

㉛ 티베트(西藏) - 신(新)

시장의 약칭은 장(藏)이다.

㉜ 신강위그루자치구 - 신(新)

웨이얼족 자치구인 신쟝(新疆)의 약칭은 신(新)이다.

개구리 생존 중국어

1) 중국 숫자읽기

1(一, 이), 2(二, 얼/兩, 량), 3(三, 싼),

4(四, 쓰), 5(五, 우), 6(六, 리우),

7(七, 치이), 8(八, 빠), 9(九, 지우), 10(十, 시)

100(百, 바이), 1,000(千, 치엔), 10,000(萬, 완)

예) 35 ..... 싼 스 우

    253 .... 얼 바이 우 스 싼

    6,435 ...... 리우 치엔 쓰으 바이 싼 스 우

2) 중국의 화폐

· 元(위엔), 鬼錢(콰이치엔)

한국돈 130원 정도에 해당(변동)

종류 : 1(동전, 지폐), 2, 5, 10, 50, 100원(지폐)

· 毛(마오), 角(쟈오)

1/10元(한국돈 15원에 해당)

종류: 1. 2. 5角

· 分(펀)

1/10角(한국돈 1.5원에 해당하나 사라지는 추세임)

종류: 1. 2. 5分

3) 중국의 수량

· 물건의 갯수 : 3 개(三個, 싼 거)

· 사람의 수 : 2사람(兩個人, 량 거 런),

                    3사람(三個人, 싼 거 런)

· 시간의 수 : 5시(五點, 우 디엔)

                    40분(四十分, 쓰 스 편)

· 날짜의 수 : 8월 18일(八月十八號,

                    빠 위에 스 파 하오)

· 요일의 수 : 월.화.„일(星期一, 二, ...„

                    天, 씽치이, 얼.... 티엔)

  * 일요일은 星期七대신 星期天(씽치 티엔) 또는

    星期日(씽치 르)로 부른다

4) 중국의 인사말

안녕하세요(만날 때) .... 你好 (니 하오)

또 만나요(헤어질 때) .... 再見 (짜이 지엔)

고맙습니다..................... 謝謝(씨에 씨에)

천만에요 .... 不客氣(부 커 치)

미안합니다.................... 對不起(뚜이 부 치)

괜찮습니다.................... 沒關係(메이 관 시)

5) 인칭

1인칭............................. 我(워)

2인칭............................. 你(니)

3인칭............................. 他(타)

3인칭 남자(MR)............. 先生(시엔셩)

3인칭 여자(MISS)........... 小姐(샤오지에)

* 복수일 경우 끝에 門(먼)을 붙인다.

6) 의문사

언제 .... 甚么时候(션머 쓰허우)?

어디 .... 哪儿(나얼)?

무엇 .... 什么(션머)?

어떻게............................ 怎么(전머)?

누가 .... 谁(쉐이)?

왜............................ 为什么(웨이션머)?

7) 상점에서

비싸다 (貴, 꾸이), 싸다(便宜, 피엔이)

깎아주세요(便宜 一點兒吧, 피엔이 이디얼 바)

얼마입니까?(多小錢, 뚜어 샤오 치엔)

큰 것, 작은 것, 다른 것

(大的, 따더, 小的, 샤오더, 別的, 비에더)

8) 비상시

경찰(公安, 꽁안), 사람살려(救命, 지우밍!!)

병원(醫院, 이위엔), 약방(藥店, 야오띠엔)

감기(感冒, 간마오), 설사(拉肚子, 라뚜즈)

두통(頭痛, 토우통), 열이나다(發燒, 빠샤오)

9) 식당에서

메뉴판(菜單, 차이단), 수저(汤匙, 탕츠),

젓가락(筷子, 콰이즈), 냉수(冷水, 렁슈이),

커피(咖啡, 카뻬이), 맥주(啤酒, 피지우)

달다(甜,티엔), 쓰다(苦, 쿠), 맵다(辣,라),

짜다(시엔)

향채를 넣지 마세요(不要香菜, 부야오 샹차이)

계산서주세요(結帳吧, 지에짱바)

10) 호텔에서

싱글룸(單人房, 딴런팡), 투윈룸(雙人房, 쌍런팡),

다인실(多人房, 뚜어런팡)

보증금(押金, 야진), 열쇠(钥匙, 야오스),

하루에 얼마인가요?

(一天多少錢, 이티엔 뚜어오 치엔?)

11) 교통편

비행기(飛機,페이지), 공항(飛機長, 페이지창)

기차(火車, 훠처), 기차역(火車站, 훠쳐짠)

매표소(售票車, 쏘우피아오츄),

짐보관소(奇存所, 지춘수어)

버스(氣車, 치처),

장거리버스역(長途氣車站, 챵투치처짠)

택시(出祖車, 츄추처), 지하철(地鐵, 띠티에)

---까지 갑시다 請開到 --- (칭카이따오 ---)

---까지 얼마예요?

　　到 – 多少錢? (따오 – 뚜어샤오치엔?)

차를 세워주세요 . 停車 (팅처)

표(票, 피아오), 편도표(單程票, 딴청피아오),

왕복표(回來票, 후이라이피아오)

157

12) 기타 간단한 단어

이름(名字, 밍즈), 여권(護照, 후자오),

비자(檢證, 치엔정),

환전(換錢, 환치엔), 날씨(天氣, 티엔치),

좋다(好, 하오), 않좋다(不好, 부하오)

있다(有, 요우), 없다 (沒有, 메이 요우)

화장실(厠所, 처수어)

도움을 준 자료

『깨달음의 이야기-직지』정덕형, 직지출판사 1999년 / 『나웅화상어록』무비스님 민족사 / 『동문선』/ 『목은 이색전집』1권-8권 민족문화추진회 2002년 / 『백운화상어록』무비스님 민족사 / 『불조직지심체요절』각성스님 / 『석옥청공선사어록』지유스님 불교춘추 / 『신증동국여지승람』/ 『실크로드문화』동국대학교 / 『중국분성지도집』성구지도출판사 2005년 / 『중국선불교답사기』1,2,3권 이은윤 자작나무 / 「직지의 세계화 청주 세계화 전략보고서」청주시 2003년 / 『직지』하권 이세열 보경문화사 / 「직지활자복원 보고서」청주시 오국진 2001년 / 청주 고인쇄 박물관 홈페이지 / 청주곽씨 명현록 / 청주한씨 족보 / 충북의 민족문화와 직지 고인쇄문화 1997. 충북민예총 / 충청북도지 / 호서문화연구소 논문집 서원대학교 / 다음카페 차이나로

도움을 주신분들(무순)

직지를 찾아라!

2007년 1월 15일 초판 발행

| 펴낸이 | 김 동 금
| 지은이 | 정 덕 형
| 펴낸곳 | 우리출판사
| 편 집 | 김 인 영
| 디자인 | 전 정 현
| 마케팅 | 김 동 조

| 등 록 | 제9-139호
| 주 소 | 서울시 서대문구 충정로3가 1-38번지
| 전 화 | (02) 313-5047 · 5056
| 팩 스 | (02) 393-9696
| 이메일 | woribook@chollian.net

ⓒ 직지문화연구소 정덕형

ISBN 89-7561-245-7 03800
값 8,000원